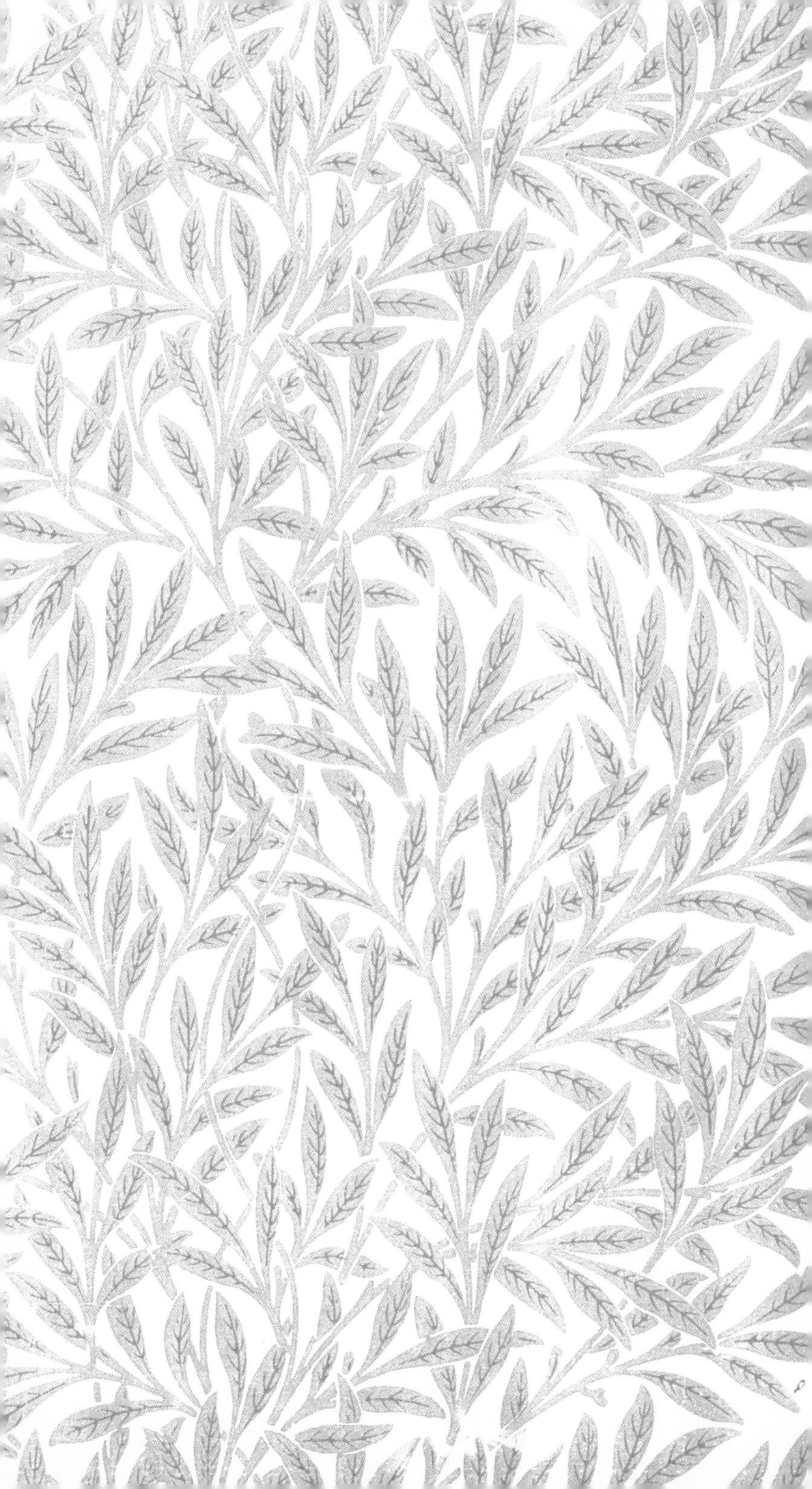

三民叢刊 241

過門相呼

黃光男 著

三民書局印行

高行健先生題贈

人在，詩便在，這便是人對自身的觀注，也即人自己的投影。

題贈立男兄

高行健

文中有畫

——序黃光男《過門相呼》

沈謙

蘇軾《東坡題跋‧書摩詰藍田煙雨圖》：「味摩詰之詩，詩中有畫；觀摩詰之畫，畫中有詩。」

清代的鄭燮，是揚州畫派的代表，書法獨創一格，其詩文縱橫奇倔，被譽為「詩書畫三絕」。

當代畫家黃光男，除了當行本色之外，兼擅藝術評論與藝術行政。他先後主持「現代」的台北市立美術館與「古典」的國立歷史博物館，致力國際文化交流，成果斐然。不但提升藝術的活力，靈氣飛舞，且促進藝術下鄉，使中國的藝術邁向國際舞台。更難得的，是以畫家之筆，創作散文，獨樹一幟，堪稱當代文壇一絕。由三民書局印行的《過門相呼》，即為其「文中有畫」的代表作。

本書輯錄了十四篇散文，敘英國的有〈剪枝玫瑰——記利物浦〉、〈利城微雨〉、〈英島早春〉，敘法國的有〈落葉巴黎〉、〈新綠含煙——巴黎早春〉，敘德國的有〈慕尼黑鏡頭〉，敘中歐、北歐的有〈岩上城市——瑞典文化之旅〉、〈空林無霜——中歐日記〉、〈海神媽祖〉、〈千里孤光同皓月——初訪蘇洛法尼亞〉、〈里加、塔圖〉，敘美洲的有〈襟上酒痕——過舊金山〉、〈過門相呼——筆記溫哥華〉。

這些遊記文章，熔寫景、敘事、議論、抒情於一爐。除了風光景緻、民俗風情之外，特別投射了人文精神與藝術關懷。讀起來，好像到世界各地逛了一圈，歷歷如繪，引人入勝，最主要的特色有兩項：

第一，歷歷如繪，文中有畫

畫家的文章，迥異尋常。本書最顯著的特色，是從畫家的角度取鏡，寫景歷歷如繪，引人入勝。且看：

〈新綠含煙〉寫巴黎早春：細草和煙、山巒已翠，遙望遠處的教堂屹立在巴黎山丘上，那樣的耀眼明亮，友人直指是聖人居所。觀照天際時，和光伴情，加上人的創作、教堂的建築，就如神采覆蓋，彩色玻璃依時煥發出神采。神啊！褻瀆著人們的是在哪一方？拾階而上、古意盎然，是熟稔的場景，原來是印象畫派諸家在此取景求藝，高更、梵谷，尤其是羅特列克的紅磨坊女相。

〈岩上城市〉寫瑞典：波羅的海泛漫在岩島之間，映現著山林的煙影，海水呈現著墨綠色，波光渺渺。岸上的釣客一拉桿，此地稱為飛魚的小魚兒連串上鉤，被陽光反射出如潔白的方鏡，又似天鵝羽毛著身，如詩如畫。夏天的北歐是個熱情如火、情懷亢奮的季節！

〈海神媽祖〉寫立陶宛：馳車急馳，一望無際，森林、草原、蒲公英，加上如初雪花絮，鋪滿窗前，一不小心吸進鼻裏，哈啾連連。甘心接納的是大自然的物景流動，有時候駐足片刻，更能體驗。啊！人間尚有些許新鮮。

如此文字活潑，形象躍然的畫面，不斷地映現到讀者眼簾，且將我們的心緒牽引到當下的場景、情景、氣氛中，讀之賞之，豈能不為之精神振奮，心嚮神往？

第二，人文關懷，藝術投注

藝術家的心眼，總是比較靈光。本書的另一特色，是觀察角度特具人文精神，藝術關懷廣遠，且看：

〈海神媽祖〉到立陶宛展出台灣媽祖版畫，在文化交流之餘隨筆抒感：看臺北有個行天宮，建圖書館、醫院，很少看到過多的喧嘩，默默造福大眾；在西方有更多的上帝子民，投入文化教育工作，聖母院如此，白教堂也如此，甚至所有的教堂均形成宗教文化。媽祖悲憫，可否賜福祂的信徒，朝向大眾生活品質與信度的提昇，著力在心靈的體悟與知識充實上，那麼智慧的光輝便熠熠閃爍。

〈塔圖文采〉到愛沙尼亞首都塔圖展出台灣水墨畫，說到博物館的營運方式與張力：博物館的功能，剛好是教育大眾的文化資源，也是全方位的學習場所。因此，文化學者與教育學家，與國際博物館同步，整理、保存、展示、研究都列為當前的重要工作，並且積極參與各項相關活動；尤其國際學術會議，也是該國博物館界所重視的中心工作，儘管經費不足，在點滴經營工作之下，成溪成河而入海的壯闊，是可以預期的。

〈襟上酒痕〉到舊金山為「張大千在加州畫展」舉行研討會，暢論大千先生的心境與藝境：當他是中國歷史上的認知者、文化的傳承者，或美學中有關的自然主義，或意象寄於心象時，張大千消化了「鳥雀呼晴，葉上初陽」百態，也沉澱著「冷月無聲」、「數峰清苦」的孤絕。張大千在加州時的創作，縱橫筆墨，揮灑靈感，豈限於知與感之間，而是在化人間雜亂為清圓，遠處冉冉煙雲皆畫境。

如此有感而發，因情立文，夾敘夾述，筆鋒常帶感情，讓讀者聽到一個真誠藝術家內在心靈的聲音，使我們感覺心有戚戚焉。

黃光男以畫家之筆寫景記聞，以藝術家的心靈關懷廣遠，堪稱歷歷如繪，文中有畫，人文關懷，藝術投注。正所謂「冉冉煙雲皆文境」。從本書聯想到其人，最令人艷羨的，是他的職業與事業相契，理想與實務相得，興趣與工作合一。繪畫、藝評、教學、寫作，時時閃著靈智之光。《過門相呼》典出陶淵明〈移居〉詩：「過門更相呼，有酒斟酌之。」我們也可以說：「過門更相呼，好書細讀之！」

光男和我結緣於民國六十五年，他在高師大國文系夜間部修讀「散文選及習作」。此書要我作序，幾近耍賴：「我的散文是您教的，文章寫得不好，您要負責！」

「使一代勝過一代，是我們的責任，更是我們的光榮！」捧讀《過門相呼》，先睹為快之餘，當然要理直氣壯地說：「與有榮焉！」

過門相呼

目次

剪枝玫瑰—記利物浦

NORWE
MER D
DANEMARC
ESCOSSE
IRLANDE
MER D'IR LANDE
ANGLETER
FLANDRE
PICARDIE
NORMANDIE
BRETAGNE
FRA
MER DE FRANCE
POICTOU
SAINTONGE
Golfe de Gascogne
GUIENNE
ASTURIE
BISCAYE
GALICE
CATALO GNE
ESPAGNE
POR TUGAL
VALENCE
MURCIE
GRENADE
ANDALOUSIE
Golfe de Cadis
Destroit de Gibraltar
Golfe des Iuments
ROYA
ROYT DE FEZ
BAR
E U R
TLA
ME

今夜遠行，有個特殊的理由興奮著。沒有公務也沒有預期的目的，雖然只有親情的等待，至少不若趕約會或會議中的緊迫；加上一路上都在夜間飛行，沉睡的時間，是沒有人打擾的，心情著實輕鬆不少。這種際遇的對待，就一個平日匆匆從公的人是很意外的收穫。真是個偷得浮生半日閒的輕鬆。

尤其第一次在國外過春節，儘管不是全家人在一起，但對一個家有留學生的父母，多少總會有一份不一樣的感覺。當然，留學生處處可見，對於半生不熟的孩子來說，雙親來此探個究竟，仍然是個既拒還迎的心情。孩子第一次出國、第一次使用外國語言、第一次離鄉背井、第一次知道自行生活的不易、第一次會關心父母……，或說這種不熟悉的陌生，使家人都開始衡量起感情之於人倫的重要了。總之，決定在新年期間，陪著孩子看看他的學校，聽聽他對於居住的城市，是否有些有趣的事情。

孩子是不一樣了，看他長髮齊耳，真是叫人嚇一跳，與出國前剛從軍中退伍的平頭相較，是有些不習慣的，問何以如此，說是因為沒時間打理，而且也可以省些錢。聽來成理，也很真實，因為帶他上街時，說這貴那不便宜的揀個適當店家才坐下來，沒有理由不相信孩子的成長，因為在家時，他沉默地接受該有的一切，哪像此時滔滔不絕的述說，省吃儉用的神情。

來這個城市，他選擇上的理由很多，譬如說，她是英國的名城之一，也是工業城市，靠港口不致冬季太冷，又是基因學名校，更有著名的鐵達尼號製造地與首航港，更重要的是我們前教育部林部長的母校，還有少許獎學金給他。孩子就這樣決定與這個浪漫又科際的古城照面一陣子，看來很實際也很通暢，對於自小就徘徊在幻夢與實證兩極間的他，何嘗不是一個明智的決定。

「利物浦曾經是英國最大的商港，名字原意是乾涸的湖。有綿延到英格蘭島的平原，有靠近大西洋的海岸，可說冬暖夏涼，對於緯度這樣高的地方，是難得的都城。因此，聚集此地的人曾有二百萬人以上，商機蓬勃，人文匯萃，至今尚存的教堂，是英國最大的古蹟名勝。預防空襲的城市人造隧道，也叫人肅然起敬，而海外最古的華人區，即中國城也在此地，甚至披頭四首場演唱會的卡門(CAVERN)酒吧，至今仍然屹立……」孩子一口氣講了這麼多，突然戛止說要上課去了，並說他還不熟悉啦。說得有理，他來讀書，不是觀光旅遊，卻在無意中受了這裡的文化景觀的感染，使他也能說上這些輝煌的文明過程。

利物浦大學

看過市區，偌大的街道，完善的設施有雍容大度的氣勢。看到工廠的密集區，廠房依舊屹立；看到商業銀行，連節比鄰，是商人的最愛，也是大眾生活的集中地；文化設施在音樂廳、歌劇院、博物館、學校、圖書館之間；而生活區的公園、酒吧、廣場、教堂，都成為活絡的穿梭之地。聞名遐邇的利物浦大學(The University of Liverpool)，延續了好幾條街，也可說是大學城的利物浦，是它的廣布學術與教育而增添高貴的氣質。

繁華過必有痕跡。英國稱之為U.K.，就是聯合王國的涵意，她是既為保守又現實的混合體。保守是因為她堅持王國的尊榮，在日不落國的優越感之下，如何不失為作為國際的統治者，甚至說第一的英國，任誰都不能輕忽她，否則不惜一戰，遠者美國獨立，近者與阿根廷在福克蘭島的戰役，都令人印象深刻。現在看到英國人，仍然維護著王國的存在，儘管王室的緋聞不斷，英國只當是私事私了。然而她又是現實主義者，當年政府未撤退遷臺，第一個承認中共的就是她，而在無法取得利益的前提下，放棄香港、進駐商機。尤其經濟的現實，大量從東南亞地區招商納財，包括商機與人才的應用，或許更具現實的是經濟的考量，大於文化的堅持，這幾年在臺灣廣納留學生，其用意至為明顯，亦即給予知識，便得財富，在所知的國度計較得失時，母校之情，豈有棄之不應的道理，試看近年在臺北有英國節日慶典時，來英國留學的人的參與，成為會場中的主角，有高官有巨賈，也有學術界的名人。

然而，仍會納悶的是，值此舊曆年新春，在市中心的大街上舞獅鑼鼓卻不是中國人掌旗，洋人的咚咚響，畢竟缺了一點什麼？再往中國城走一趟，雖然有些眼熟，包括洪門會館、于右老的對聯，以及鎮在城前的銅獅上寫著「華洋並重」，只感受到一股中國人海洋自重的心情，卻看不出他們現在想的是什麼，又有什麼新的主張，泰半不熟華語的華人，又知道中國國情有多少？還好，一群來自臺灣的留學生，為了慶祝新年，聚會翠園飯館；沒有駐外單位的發起，完全自發的共勉，能躬逢其盛，自有一番鄉情時刻綢繆。回旅館的路上，竟然還想著這一群留學生，是何等的自勵與幸運，有臺灣快速的進步，才有鮮活的生機，至少人們相聚之處，便顯得活力十足了。

因為利物浦老城曾是英國最大的商港、工業城，有很寬廣的發展腹地，西臨大西洋，可到美國、加拿大，東可繞過海洋到達太平洋各地，而今的東亞、澳洲之屬，大致上是由此城開端。此外，經濟活動造就了城市繁榮，英國式的酒吧，至今仍然隨處可見。休息一下，浪漫於酒香煙裊，豈不是辛勤過後的休憩、精神生活的實際調適？這份傳統被認為是最英國生活的象徵，也以這種圖騰傳播到世界各地。

看不見人來人往來自何處，總覺得這個舊城市應有更繁榮的規劃，街道城樓依然屹立，商店銀行隨處可見，尤其是旅舍飯店亦不乏特色，但似乎是靜默著幾多年，還在等待遠歸的遊子。教堂容顏已老，乏人整修，原是上帝傾聽子民心聲的地方，而今任由叢樹進駐，好像說上帝也滋養萬物，人物共體，教堂當如是也。那看來曾是公署辦公室，而今大門深鎖，還有寬敞的碼頭，曾是郵輪鳴笛港，現在成為各類博物館供人憑弔，幾許蒼涼。

博物館是人類知識再生的殿堂，也是人類經驗的傳遞處，它的營運成功與否，端看經營者的理念是否有深度與廣度。在利物浦港口的披頭四博物館，以風行於六〇年代社會的再現為背景，將披頭四重唱的演奏現場布置得神靈活現，觀眾置身其中，便如時光倒現的神奇，加上一些生活小細節，披頭四的演唱文化，即時活絡著。室外雖然下著雨，場內則人潮鼎沸，少數幾個工作人員，此時豈有疲倦的道理，不禁跟著觀眾興奮起來。另有生活博物館、船博物館、泰德現代美術館等，如船博物館雖也應用了鐵達尼號史料作號召，但因參觀動線不良，現實感不足，觀眾的感受可能是算了，也走了一趟了事，倒是標榜現代主義美術的泰德現代美術館，其布置與展示張力，永遠保持著國際水準，名家名作布滿會場，哪怕是畢卡索、達利或尚・杜布菲的創作，相信在國內仍然是未見的精品。至於未具用心的博物館現場，聰明的觀眾只能買一次票，下次再見了。

這個名城，看來有如肥胖後瘦身的景象，是在鬆朗中得到的健康。位在城裡城外的人，都能體悟實際，譬如說，人們生活中的劇院、音樂廳，仍然有莎士比亞的名劇，有李斯特的名曲演奏，當然歌聲魅影的現代劇，或紀念披頭四的演唱會，還是在熱鬧登場，而新潮的小劇場、音樂會符合現代人多元性的需要與生活。此地的人，很務實地從教育開始，教導人民知識就是力量；看到整座城的大學林立，是有些道理，要不然滿街行人道的口香糖殘渣，實在看了叫人噁心，有誰能清除或不再污染？青少年吸煙比例節節升高，到處都是煙味與煙頭，如何稱得上文明國家？有些雖然是國際間的共同現象，但看不出曾有過輝煌歷史的名城，竟然還如此地沉醉在老式電影明星口含煙斗的瀟灑狀裡。

該留下的都留下來了，紅磚牆中平民房舍，連接著都鐸式建築，仍有英國人文的溫度，不媿美巴洛克式的華麗，卻展現著穩重不移的信念，那便是美感的移植，在於人心的不變，以及不變中的品質。即如英國製中的文學、藝術、科學、社會等學門，至今仍是教科書中的基礎，原理恆常、原則可期，利物浦的文化面相，雖然老了些，卻經得起考驗與風霜。

臨別又逢港區雨，海鷗盤旋喔喔鳴，這個不凍港在北海附近，景物風華，冠集國際，也曾是海外華人最先聚合地，必然是有可誘人之處。回首望遠，她的姿容恰似窗外剪枝後的玫瑰花；它的新芽壯碩，開春之後可想而知的明媚亮麗，至少隨伴成長的水仙花，將有不同色彩的綻放。

——將此文獻給前教育部林清江部長

利城徽雨

ESCOSSE
IRLANDE
MER D'IRLANDE
ANGLETER
NORWE
MER DE DANEMARC
FLANDRE
PICARDIE
NORMANDIE
BRETAGNE
FRA
MER DE FRANCE
POICTOU
SAINTONGE
Golfe de Gascogne
GUIENNE
ASTURIE
BISCAYE
GALICE
PORTUGAL
ESPAGNE
EUR
CATALOGNE
VALENCE
MURCIE
ANDALOUSIE
GRENADE
Golfe de Valence
Golfe d'Alicante
Golfe de Carragene
Destroit de Gibraltar
Golfe des Iuments
ROYME DE FEZ
BARI
ROYAU
OCE
OCC
AL
ME
TLA
E

一

這個城，紅磚黑瓦，頗具神祕的。

縮頸著衣、戴著呢帽，踽踽獨行者，端詳著那年久失修的教堂。外觀仍然是哥德式，加入維多利亞型的彩光，嵌鑲著巴洛克的容顏。

只是啊！來教堂的信徒，不知何時消散了。屋頂塌陷後的空曠，可能更接近上帝，因為海鷗進駐，雀兒巧躍，長綠的針葉樹茂密成長，真是神創萬物，齊一而生。而遊客數落著人群時，暗想都去那兒了？

雨中的古街道，有些迷茫，尤其盤空的鳥群，喔喔數聲，總讓人頓感失落。然而，歷史是現實的呈現，沒有殘缺，哪來完美？在時間的長空上，交織的彩虹，有雨有光。

二

想要看個究竟：城裡的建築，或是怎樣的人情？利物浦的設城，已有千餘年，悠悠歲月中，生滅無數，該來的該走的，都留下了足痕。在供需之間，古城肩負著繁榮的經濟、進步的科技，熙攘古今建造了聯合王國的英姿。

有盛名，就有風險。工業發達、商業鼎盛時，人總會浮現在聲色中，也容易遭受白眼，甚至惹來了自身的危險。來自戰爭中的摧毀，因競爭中的封鎖，這個名城，就這樣崛起，也如此消蝕。

可記起的大教堂，是城中的精神堡壘，也是全英國的最大神靈建築，至今見之仍然森森然的氣勢，響起的鐘聲，傳達深遠，聲聲扣人胸臆。而海岸的皇家旅館，頗似皇冠的屋頂，凝集視覺的焦點，導引著從海上來的商旅遊客，幾許稱羨、幾多回眸，看看白雲朵朵，青天一片。

三

應該是熙攘熱鬧，在街道上的行人，不知天寒悽悽，躲進屋裡去了，還是轉個彎往別處走；為何設備良好，指標清楚的街道，而今少了人似的，不像記載中的王國子民氣象，有活力的人群，自四海八嶽湧現，倒有點像解酒過後的清醒，千萬記得下次別再霧茫茫，看不清方向。

滿城的野鴿子，是來不及感應空氣的凝重，乘著斜風細雨、振翼翱翔。聚集港區的鳥兒，吵雜著互相嬉戲，地上的麻雀望著天空的鷗鴿，各有所思地啼叫幾聲。

哦！是紀念鐵達尼號上的人群喧嘩，還是船上作古遊客的靈魂，已化作飛鳥，歸魂回港探望曾在此送行的親友，默默地融在時間的刻痕上。儘管有個紀念性的博物館，人們只當作一次船難的種種，有誰還能感受呼天搶地的悲傷？除了電影再現的場景外，那已是藝術表現的一項裝飾或方法，故事的真相呢？又如何。

四

狂歡必空寂、戰後有餘生。除了生活色彩對比外，心情的變化，是捉摸不定的雲朵，或者也可說是飄浮水面的萍藻，忽爾在東忽爾在西。

五十年的英國，乃至國際間，正等待著人類至善的心，能夠摒除戰爭的烏塵，至少能為自己的生命吶喊，或者抒發一下積悶。於是藝術創作於焉豐富了起來，美術中的抽象表現主義適時出現；而直接的發聲者，不經意之下，在利物浦古老的酒吧上誕生了，那便是「披頭四」搖滾樂的崛起。

當然是他們才華洋溢，更重要的是他們抓住了六〇年代大眾的心，嘶叫、擊拍、騰躍中的節奏，不正是人類生理起伏緊鬆的縮影。解放了空氣，也解放了行動，風靡流行逐漸擴大，英國、美國、俄羅斯、日本、加拿大、法國，披頭四引發了一陣飆樂，覆蓋著苦難眾相。一晌貪歡，人的文明有時候是不按常理進行，才有一種意外的驚喜。

而今，觀賞披頭四在博物館餘影，音樂仍然繞樑，而人呢？有一個南隆墓碑，似乎告訴我們，一切終會消散的，何必計量人生的擁有與歡笑。

只有遊客回頭再看一眼，廣場上二三人影低頭徘徊，在堤岸上憑弔幾許，是真是幻。

五

不知喜鵲、水仙與玫瑰有何關係？

在利物浦的公園草地上，雀躍的喜鵲，白淨淨的羽毛，像扇面乍開似的展翅，呼呼然對著黃色、紫色的水仙花起舞，有如早春樂的序曲，幽雅旋律，在她的一開一合的翅膀間，微風輕拂，和暢溫馨。

是否在催發沉睡一季的玫瑰快快醒來，能即刻展顏迎夏？這些枝頭綻放出深紅淺綠的嫩芽，看似不畏寒冷，正信步循著四季軌道，在春夏之際來到。該來的就該甘心點，正如該走的就不要遲疑，花的美麗，原本就是信守季節的秩序。玫瑰花魂降臨人間，在期待與愛的呵護下茁壯、成長，然後笑靨迎人，年而復始，帶給人們定期的希望。

而那不裝蒜的水仙花，正好在人們等待夏日來臨前，率先地從地層冒出頭來。不若臺灣年節時供在室內的單瓣白花，卻在寒冬風雪下，開著紫色、黃色的花團，在碧綠青葉與黑色木屑及泥土之間綻放，他的姿容之美，可想而知地典雅強勁，使人聯想起畫作為淩波仙子迎春神的詞句，似乎加了一層莫名興奮的詩情。

就坐在這個公園旁，看看來來往往的旅客，行色自若，卻匆匆而過，不知是沒看見眼前萬物生機，還是古城風華，豈只一隅。

利物浦的蟄伏，在科技、經濟、文化、教育之間，吸納著人類的情思，或許明天就有一曲「啊！我的大地、我的愛」響起，而且傳之久遠，有如披頭四給予人的記憶。

英島早春

ESCOSSE
IRLANDE
MER D'IRLANDE
ANGLETERRE
NORMANDIE
BRETAGNE
PICARDIE
FLANDRE
POICTOU
SAINTONGE
GUIENNE
MER DE FRANCE
Golfe de Gascogne
ASTURIE
BISCAYE
GALICE
PORTUGAL
ESPAGNE
VALENCE
MURCIE
GRENADE
ANDALOUSIE
CATALOGNE
Destroit de Gibraltar
ROYME DE FEZ
La Manche dit autrement le Canal
DANEMARK
Golfe de Valence
Golfe de Cadis
Golfe des Iuments

一

巍峨學府，在久遠的歷史，也在古老的建築，更在學術的傳播上。

再次參觀利物浦大學，紅磚黑瓦，類似教堂的尖頂矗入雲端，望之儼然，如山如阜，即之親和，如庭如室。學舍分布廣闊，座落在利城的中心位置，加上城內尚有多處大學，這個城市被稱為大學城。

說得不錯，曾是英國著名大商港埠的古城，擁有的不僅是商機，也是英國海外發展史上的重鎮，多少工業產品、民生物品聚集於此，然後運散各地。繁華的景象，使此城擁有第一個全球最大最老的中國城，至今仍可從街道設置窺其一斑；另者規劃細緻的街道，至今仍然寬敞實用，素樸典雅。

當然，今非昔比，繁榮過後本寂寂，極似博覽會後的場地，有種人去樓空之感。利物浦城垣仍在，只是遠走的鄉親，回鄉的路上很陌生，空留荒屋蔓草。有心修繕的教堂處處，卻是欲振乏力，早已存在的鷹架，總不見有行動，看來神靈也隨之打盹、或遠走他鄉去了。

這倒是城外另一種生機，發展精緻文化與學術造市，都落在教育與文化上。前者是大學林立，設施精良，有高度的學術成就，優秀的研究人才，隨著社會的需要而有進展；後者則以舊為新，設立博物館，古典的、現代的，毗鄰而在。最有名的泰德現代美術館，設在古老的港灣區，這兩年展出極爭議的作品，成為國際注目的焦點，有人不以為然，但是以為然者則振振有詞，因為創作是藝術的生命，也是長久孕育而成的結果。利物浦城是年輕還是老態？

利物浦大學

商品依然高雅、引人，看來不全是觀光客，購物選品，彬彬姿態，令人感覺自律乃是最優雅的姿容。秩序來自尊重，客尊人尊，熙攘之間靜默互動，據說連吵架也很有品味的進行。我卻被街旁的植栽吸引，剪枝玫瑰吐新蕊，紅深間紫的兩種花型，相親招展，配合利城的市容，顯得玲瓏多姿。

這個城，如何再被了解，全看她是否願意。

二

至今仍然是英國的工業重鎮——曼徹斯特，不及查詢人口多少，從街上接踵而過的人潮，便能知道人數在百萬以上。也是古城鎮，更接近內陸部分，每年冬季飄雪的日子很普遍，賀年卡上的紅瓦白牆風景，在此地處處可見。

工業城，連帶要想到空氣、街景與經濟這些因素，常常不及細數，卻是人類處於文明與否的思考點，也是永遠無法雙全的社會現象。多談是否有益，可從人類生存環境上著眼。「當攸關生命的品質與活存關鍵，人的力量自然會隨著潮流走，街上遊行不是萬靈丹，需要、共存，才是人類生存的基調」，友人如此說。

依然是古老的文化面相，博物館、紀念堂、學校、公園隨處可見。最受感動的是密集住屋中有個公園廣場，一則調節都市空氣，再則使人們有個去處，至少可以自行獨處片刻，思考一些人生什麼的。若有人在此滔滔不絕一番，有如倫敦海德公園的肥皂箱演講一樣，抒發一下情緒，說不定也會引起很多人的共鳴，這樣的空間，有花有草，有樹有人，煞有情趣，是城市的精神氧氣提供場所，也是人們轉換心情的地方。

早春雪地蘊生機，不知名的花萼從青草地冒出頭來，不畏冰寒地引風招展。俯身看個究竟，僅在默默中頷首點頭，似乎在說，雨水不凍難成雪，生鐵不鍛不成鋼。今晨只見雪雨飄零，乃溫度不算酷寒，入夜雪花片片，實是冰點之凝集，所以這些看似蒜科植物，都趕在早春的門前看看，爭個辛辣兼奇香的，導引百花齊放，千樹吐蕊。

幾個來自臺灣的留學生，相約在市中心相聚，不知為何？等到了目的地，才恍然大悟，因為中國城就是如此的耀眼，這些遊子一定想起家鄉菜，平時功課

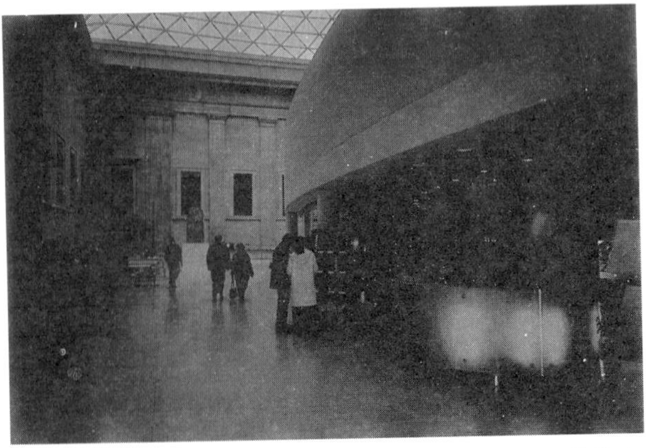
大英博物館

已壓身，哪有品味菜肴的機會，利用難得的會面，說什麼都是值得的。儘管很多人留學一半即打道返臺，或說受不了繳稅的名目亂列，但因此更珍惜出國學習的機會；有人以歸零的心情重新開始；有人更懂得察言觀色，以適應更長久的奮鬥。當然在海外更愛自己的國家，是天經地義的事，留學生不管年齡差距，都說臺灣好。有個距離看看自己，才會發現自己也夠努力；有個比較環境，才知道我們真夠民主與富有，他們這樣說，只好據實以報。

三

曼城天氣忽雨忽雪，濕寒中街上行走，甚感不便與不舒服，加上重感冒的病體，又有未解的心結，這時候只好沉默不語，一直看著熙攘行人寄萍在走道上，偶而抬頭仰望，有幾隻烏鴉飛離，不像利物浦的天空，常有海鷗鳴叫的嚶嚶聲調，而是啊啊的很混濁。

再看看即將揮手別離的留學生，匆匆沒入黑壓壓的人群中，耳邊響著他們交談的片言隻語，其一說：「不知到國外留學是否正確？」其二說：「同學們都有相同的感覺，英國人保守而驕傲，德國人古板而自信，法國人浪漫且不定，美國人天真而實際，但都掌握了文化發展的命脈，我們只好依樣畫葫蘆」。這些想法似乎有很多的無奈與辛酸。東方人，尤其是中國人，到底在哪個時候出現哪些問題，使自己的子弟要遠渡重洋，學上一招半式；難道自己沒有可取之處，還是優勝劣敗，甘心臣服？當然，文化互動可促進品質之提昇，有助新生動力的加盟，但這些學子到了國外，一切歸零的委曲，有誰知曉，又有幾人成功。至於這些西方國家，他們真的能平等對待，還是另有所圖？不論是知識的、政治的、或文化的事務，是否確實誠以待人？

想想留學生攜錢帶財的，到異國追求學問，又有難言之隱，所受的圍牆阻隔，真不是語言或行為相通即可，而是意志與決心的加強，才能勉強突破一份自我。此時此境，不覺羨慕起翔空的飛鳥，可任意飛臨嚮往的原野，或是寒暑自選棲身之地，哪管這是誰的地方。

都是自己找的，沒人強迫自己離鄉背井，卻也可能是被人設陷的。國外設制度，國內求方法，一種機制，一項制約，留學生在學歷供需下，投入這種框架，百年來如此，將來未必改善。也沒有什麼不好，學識千尋入夢裡，才華百折始見真，人都需要千錘百鍊，才能安靜地和平相處，何以然？歷史不是一再重演嗎？文化固然沒有高低，但生活的條件則有優劣，漢唐盛世，與當下西方文明，留學生的心情，是可以了解的。

離開曼城，風雪暫歇，留學生的話語則在耳邊迴盪。他們遠離家鄉，背負著理想尋夢來，夢裡有樂有苦，有堅持也有幻象，但願美夢成真，能夠在自己的行囊上加重些學養，能裝扮人生些許光彩。祝福著他們！

落葉巴黎

Isles Shetland
Orcades
NORWE
MER DE
DANEMARC
ESCOSSE
Aberdon
Edimbourg
IRLANDE
Dublin
MER D'IRLANDE
ANGLETER
Bristou
FLANDRE
PICARDIE
La Manche ou autrement de Canal
NORMANDIE
BRETAGNE
FRA
MER DE FRANCE
POICTOU
SAINTONGE
Golfe de Gascogne
GUIENNE
ASTURIE
BISCAYE
GALICE
CATALOGNE
EUROPE
ESPAGNE
POR TUGAL
VALENCE
MURCIE
GRENADE
ANDALOUSIE
Seuille
Golfe de Cadis
Destroit de Gibraltar
Golfe des Luments
ROYAUME DE FEZ
BARB
OCEAN OCCIDENTAL
ATLANTIQUE

一

幾次來巴黎作客，大多在冬春交替之時，偶而會碰到飄飄然雪花，市街上卻看不到積雪，只有在寒風中抖擻的梧桐枝椏，招引著如織的遊客。巴黎的美，不只是建築群所依偎的溫馨，那泛出黃光的窗口，透露出它的姿容，更有著歷史與文化的裝扮，哪管歲月在風晴雨露中，刻劃著斑駁的臉。

今年卻有機會在秋之頌的季節裡，穿越在塞納河的兩岸。不論是左岸還是右岸，飄落的紅葉，已無暇注意它是楓槭，或是巴黎梧桐；輕盈飛散的深淺色澤，有如巴黎少女的髮梢，流露著浪漫的感度，為那詩情款款譜上秋之組曲，如風如影，雀躍在新橋上。

已記不起河上的幾座名橋，但不論是新橋已成老橋的，還是亞歷山大橋，以及戴高樂橋等三十二座，都有一個感人的故事，至少是紀念某一事件的圖騰。它為巴黎城帶來的除了交通外，人的交情也是重點，尤其邂逅在橋上的剎那，膚色已不是問題所在，人就是整個地消融在這裡，是電影情景，也是克萊恩(Klein)行動藝術的絕唱。記得畢卡索吧，他曾在這橋上，想著亞維儂女郎，而沙特在橋頭上望著河水潺潺，是存在的真實，還有很多的名人相約在橋不遠的地方──「花神」喝個咖啡，聽說蠻能入情入性的，在秋天的下午，特別感覺精神舒暢。

橋上千萬人群花紅柳綠，見生之爭豔，不識人的消長，有如來來往往雨煙，偶或四目接神，只能傻傻嗤笑；橋下蒼蠅船擺渡幾個世紀，除了少數為了生活的運貨者，看著悠悠河水流逝外，全是好奇的觀光客，或是巴黎人晌午之後的餘情，而讓人安心的是這條河水隨著四季變換，都保持一定的水量，因而此處載舟，也載著歷史，包括法國的名皇名將──拿破崙、路易十四，都依著水勢造城。河水汩汩，法國香檳，大都在這秋的季節，依化在河岸旁。

有些蒼茫，夾帶在衰老的容顏上，橋墩旁的老人，凝視著成疊的銀杏葉，有幾片揚起來，不情願和上塵灰，卻飛進時間的長河裡，沒有絲毫的漣漪，竟沒在微抖的唇嘴上。想說什麼，沒有聲響，連嘆個氣也免了。秋雲帶雨霧茫茫，早春夢迴空盪盪，不知情的烏鴉數聲啼叫，給這獨行老者增添幾許惆悵。

仲秋了，巴黎的景色，勾起人們無限的遐思，在河旁的情侶，忘我卿卿，是個鮮明的景點，雖然也引人側目，然淡淡笑顏，似曾相識在當年，行人知趣的跨上一大步走開了，免得驚擾佳偶低吟。只有花兒伴著蝶影相襯，雖然秋色已濃，巴黎的赭紅，被一陣輕煙似霧即時雨相和，畫面如是，風景如是。

二

說不上的一陣迷茫，這巴黎城好像一直在不變中屹立著，又好像天天都在變易它的腳步，變與不變，無法深切了解，這是個很浪漫的拉丁民族，還是就是法國人的性格？

永遠那麼地保固著這個城的外貌，六層樓，淡鵝色，似古典的巴洛克，像羅馬圓柱，也不太離開希臘形色，加上石柱路面，層樓上還保留著紅陶小圓筒在藏青色的屋頂上，據說是依建築家對法國政府的建議而建造的，事實上有一些只有百年的建築，夾在二百三百，甚或數百年前的建築體中，調和而剛健，穩固恆久，除了視覺順當外，給人一種安全可親的感受。

法皇建立羅浮宮、凡爾賽宮，雖然不是最古老的建築，但宮內的設備，以及室外景點，都是法國人民的生活標記。古典中的新潮，新潮中的前衛，不失為代代相承的用意，即如羅浮宮前廣場當代金字塔式的開挖，或是龐畢度藝術中心的建築，都成為巴黎城的焦點，或是本世紀的城眼，注視著人們如何走進下個世紀，正如艾菲爾鐵塔在一百年前被視為妨礙市容的憂慮一樣，它的存在塑造了法國國家的臉，也給法國帶來多少財富。

巴黎羅浮宮

要想生財，便要重視自己的面子，法國人很愛面子，名牌化妝品、醇酒美人、香水豔花到處皆有，尤其一種慢條斯理的悠閒，更是法國人的面貌。有閒情才有心情，當然有心情也要有財富，在凡登廣場附近，香奈兒等名牌都集中在這裡，看似普通街道，卻是吸引全世界的遊客來此購物的天堂，天堂人必多，也很快樂，刷刷刷，滿載而歸，這又是巴黎人的面子，當然也是裡子，每年到巴黎逛街購物的人不計其數，據說五千萬人的引力，就知道來此一遊的人，也是面子的問題。當然，想起自己的國家也很愛面子，廣告牌大到看不見，只是不知裡子又如何，而巴黎的廣告標幟，卻在精確有勁的信度中數百年不變，這又是怎樣的面子啊！

建築群是作面子最好的方法，建築體的故事當是裡子的加溫者，塞納河孕育著法國文化，也帶動法國的發展血脈，不僅政治、軍事藉此而壯，經濟、文化也以此發光。現在還可看到的兩岸繁華，都是歷史上數不清的奮鬥烙痕：在爭奪、自衛交替中，教堂是精神生命的庇護所，而今聖母院一年訪客數百萬人，不是來看鐘樓怪人、也不是來此祈禱，而是在此的悠悠歷史，成為文化體的支柱。若是勝利者，前移到羅浮宮，就可能領略到馬蹄踏過時空的氣勢，政治的魅力，有如人類的繁殖原性，是擋也擋不住的吸引力，即使走上斷頭臺，仍然不悔，只為爭上帝后的慾望；當然，今日的羅浮宮，尚可在想像中看著威武雄姿、一呼百應的情景，遊客大都記憶著宮內的藝術品，以及廣場上的鳥雀與人群。誰來看清這些事件的一再重演，是齊克果、沙特、莫里哀，還是雨果？倒是左岸有個法蘭西學院一群學者，在科學、人文、哲學、社會等學門作深入的研究，探索人類的可能以及自然的所以然，他們都是文化人，該作文化事，都有成果的。文化被政經影響，文化也批判政治，是冷眼旁觀者，想看清的是，人類的價值將是如何！

左岸咖啡名傳千里，臺灣還有人專程到這裡要喝杯左岸咖啡，很新奇又很時髦，連不懂品嚐咖啡香的人，都會依門看人在街旁擺姿勢，反正沒人知道我思故我在，還是我在故我思，咖啡嗎？廣告都說左岸的最好。事實上，巴黎城除了百花齊放，就是滿城皆咖啡，還分左岸右岸嗎？友人說左岸原是文人聚集之處，以文學、藝術、書局、學校為重，是法國人思考的地方，而右岸呢？著重科技、經濟、政治，屬於法國人行動的原點，左右共組法蘭西，繁衍著文化、政治、藝術之城市。

真的使人迷惑，如此充滿藝術情懷的國家，為何仍然是幻象二千、交通穿地洞、衛星升空，還有罷工不斷，卻受世人的青睞與尊重。有事沒事地，坐下來喝個咖啡再說，或者逛逛花市，看看畫展。說到藝術，巴黎成名的畫家，很多都不是當地人，後來都以巴黎人為傲，很多地方都在舉辦雙年展，卻都在巴黎成就自己，梵谷、高更、畢卡索、馬蒂斯都是如此，中國人常玉、潘玉良、趙無極、朱德群等，不是依樣來此嗎？這真是個消融與成長的城市，也是法人的見解，通常很歡迎藝術家的到訪或居住，因為他們認為：藝術與科技是一體兩面，當然這可能指的是具有創造力的人，才能相輔相成。

三

再次走訪奧塞美術館，這個開幕僅十餘年，應用近百年前的火車站改裝完成的美術館，竟有如此的適當營運，如此豐富的典藏品，不得不佩服法國人的眼光與精緻。尤其縱使有心要搜集十九世紀以後的美術品，若沒有藝術家的創作、沒有傑出的表現、沒有長期的滋養，典藏品從何而來，將是個實際的困難。而奧塞美術館在政府文化政策的規劃下，把法國各地屬於這個階段的美術品集中、分類、研究、展出，組合成近兩百年的美術史實證與美學的展示殿堂。

無暇再論它的行政管理，然在立體性的雕塑品上看，儼然從希臘的雕塑以來，從古典、浪漫主義以後的新形式，具有開啟現代雕塑的承先啟後作用，名家如羅丹、竇加、馬蒂斯的作品，一系列的呈現，有種超越時空的哲思天地，在本世紀之初，引發人類視覺革命中的觸覺現實，在未進入實物的普普(POP)藝術以前，有歐普形式重複的炫麗。加上新藝術運動的傢俱陳列品，更能一目了然二十世紀初的社會發展中，產業革命以後人類情感的著落點，實際、人情與變化，看得出人類正在力求表現與人性的解放，雖然在後半世紀的種種秩序失控，但就人性原相的發展，是可以從這些藝術品窺知其一、二。

平面的繪畫，除了十九世紀的古典名作外，印象畫派的畫作豐富得令人嫉妒，因為在國內自小即受教的美術品圖片，可能都可以在這裡找到。印象畫派也是屬於現代美術的開啟者，科學與美學遇合的新經驗，也是純美學符號，有別於寫實主義與攝影客體事實的描繪，其中屬作者內心主體性的寄情，個性的抒發，和作者學養與社會互動的密度有關，所以印象畫家都具有很牢固的美學理念，以及時代與民族性的面目。

在法國成長、表現的印象畫家何其多，雖然在初期的社會意識還不太習慣他們的創作方法與美學主張，但當他們旺盛的創作呈現新的圖象時，與之成長的企業家，很受感動地加以支持搜購，尤其是美國人與俄羅斯人，至今在美國的國家畫廊，以及聖彼得堡美術館，都可以看到很傑出的印象大家的大製作。這些畫的根、養分卻都在法國這個地方醞釀，而且面目清晰，個性強烈。

在哲學中美學被突顯時，現象學、存在主義與虛無主義，都反映在現實生活中，也表現在藝術品上，印象畫家們都了解「物我」與「人我」的原素，在於社會意識，也在於共感情誼上，花開花謝，人來人往，一杯美酒一個午後，即便是細雨雪花，抖一抖衣領，搓一搓手勁的事實，不就是認知中的經驗，也是可以感應的溫度，而創作者在這情境所能透露的信息，與他在物象中體驗的程度成正比。也可說在時空運轉下，深切的個性與面目，成為畫家的主張。當然，這與人性的發展有絕對關係。本世紀的民族自決、人性解放、個別舒展的多元性，也呈現在藝術品中。印象畫家掌握了時代的脈動，成就了時代，也成就了自己。

還有一件事，就是社會意識的覺醒與政府的重視，百般呵護這些藝術家們，並且成立各種研究機構，應用了廣泛的資源，鼓吹宣揚這些畫家的主張，過濾美感純度，向他的子民、向全世界散播他們的美學表現。我們國家也從善如流，在美術史美術教材，一往情深地教導下去，加上其他東方國家如日本、韓國也

奧塞美術館

如是觀，其氣勢可想而知，這也是國內若舉辦與印象畫派相關的展覽，會引起轟動的原因。

這是西方美學的實踐，也是藝術家工作的環境，看到奧塞擁塞的觀眾，面對他們自己的畫作，或遊客在這些名畫前指指點點時，有一種很特別的感覺，為何法國人能夠深具眼光，能夠以藝術立國，吸引觀光客的興趣，一則使文化同化，再則使財富增進，強國強種，何須武力相向。同時也想到自己的國家，是否也能借鏡他們的作為，以東方美學中的不易與變易，實踐人文生活。

不易，有如巴黎市區景色，多少年前的多少年，建築體與標準依然如故，塞納河的水，仍然清澈暢旺，可以行船，使人的生存信念，有個永續存在的安心。簡易，則如交通工具從馬車到汽車，從路上行車到捷運系統，使人因科技的發展而受到寵惠；如老舊的庭園，過些時候新植花木；如聖母院的牆壁，能夠修護保持一份榮光。變易，則如新市區的建築，配合新時代的標記，高聳入雲，新機場一望無際，才能載送更多的旅客人潮等等。我們呢，若有此共識，在自己的家園，能以此精神，以古老的中國情行事，就不會一兩年沒回家，就認不得路；就不會河床改道，舟車滯留；就不會在住宅區有商業區，公寓下有餐飲店，而那斑駁不雅的廣告沒人理會。

想到作為一個現代文化工作者，能夠做的究竟有多少，曾試著以西方推銷文化的方法，把東方的精神，至少是臺灣目前的文化，向西方介紹，但當他們看著我們來自西方學習的成果，尤其是西洋畫法，除了驚訝我們的誠心與學習力外，常常是靦腆的笑笑，狀似不解我們的目的。當然，這是一項很複雜的要素，至少外國人根本無法理解我們的想法。在時代的標記上，若加上自己的面貌，或許才是文化的本質與表現的方法。以繪畫創作來說，東方美學的呈現，在於水墨畫的形質上，自漢唐以來，中國的繪畫所涵蓋的美感要素，當是人文的整體，而不是形式技巧的重現，因而有畫境在於學養，畫情在於感動，畫質在於思想，畫不畫，筆不筆，畫我之間是人格的投入等等表現風格，是東方美感的要素，若把這些重點投入現代生活感受後的繪畫，必然是有血有肉的作品，於是付諸行動，分別將有此要素的畫家，在國際展現。

此次來巴黎展出的「原鄉新境」——臺灣水墨畫家六人展，就是具有強烈的美學符號，也付諸心力與行動的畫家，如鄭善禧的浪漫情懷的拙樸自然之美、袁旃的古典符號的新潮造型、袁金塔的新具象卡通式的影像再現、洪根深的水墨肌理中的組曲、程代勒的民情新意的書法筆墨，以及筆者的東方形質中的哲思符號，或許都具有很安適與躍動的靜動互轉的視覺經驗，對於西方人習慣於外在形式的樹、鳥、山石、煙雲的常態性，當有一份內涵的探索。事實上，這幾位畫家的美學自在筆下，並不一定要讓人一目了然，何況是西方人呢！

人類不同族群，藝術不同表現，重要的是要有一份赤子的原真，又要有一種行動的信度，可知可感。美術館前，一位皤皤老者，手掌中的碎白米，引來一群平日羞怯的麻雀，吱吱喳喳地在他的手上、身上飛舞著共生的喜悅，遊客止步觀賞這一幕無礙的時光流動。

四

一夜淅瀝聲，傳入耳簾的即是古人詩句中「雨打梧桐知秋早」的情境。在巴黎城裡，盡是可期的浪漫夜雨，有種忽忽喚喚的清醒，想著西方藝術的提倡，成為生活的一部分時，半寸不離美感的薰陶，是有原因、而且真切的體悟，是長期的認知與經驗的結果。

巴黎的浪漫，豈是一朝一夕可成，也不是從天而降，天女散花何獨此處，而是點滴在覺醒的過程。歷代的行政者，貴如皇帝，愛花愛美人，進而愛藝術，來自人性深處的那股朦朧月影，在即興即滅的人生裡，透露了人情的溫暖，凝結成不語有聲的美感，是視覺也是心情；而尋常百姓正是過著這種「滿目蒼翠不似樹，低聲未語有露痕」的自然。在這種巨細皆是、有無可感的生活裡，法國人早有藝術就是生活、生活就是藝術的感悟，拓荒者、栽植者在長遠的歲月裡，忙於現實之外的現實真實，「美」——成為活生生的需要。

美的意義，在於形式，也在於內容，在於同理心、共感情，更是生活中的目標與行為，是人性抒發與把握的過程，也是人為加諸於自然物，使之藝術美的表現。藝術美才是美時，美的創作與形式，必須在人情中的剪裁與聚合，使之成為理想的符號，作為傳達情思的媒介。當藝術品完成創作之後，即如繪畫的表現，有個人的主張、群性的共相，以及時空的要素，加諸於畫作者，便產生了知識與經驗，而且隨著畫家創作力的涵蓋範圍，與它對社會發展的影響力成正比，所以畫家持續創作，必在社會意識中提煉，否則不能成為藝術品，因為藝術的人文精神，是文化展現的內涵。

有時候不解西方藝術的發展，為何常在某一主義之外，接著又有某一畫派的產生，由於適巧參觀了巴黎舉辦的當代藝術博覽會(F.I.A.C.)之後，似乎有較深入的理解。這個展覽行之有年，其規模之大與用心，可以說是一個世紀美術史的現場展出，雖然可現場交易，但包括參觀者在內，並不是到畫廊隨意逛逛，而是來此親炙大師作品的風采，以及作為研究比較的聚會，包括博物館館長、畫商、企業家、學生，都來此尋求一份需要，或者是學習一些新知，畢竟藝術是反映時代，乃生活之餘的興味。當然藝術品在創作過程中，集合了人類的智慧與情感時，它的表現，就成為人類行為與生命價值的象徵，創作這些圖象符號的藝術家，與觀賞解碼的人、情思互動的歷程，成為藝術展演的多元面相；換言之，可以從藝術品的走向，來了解人類的心靈世界與知識的再生。這是為何繪畫作品，在攝影之外有更引人繼續光大其原質的精彩處，各地的美術館，應用頗大的物力人力投注在藝術品的搜集，此其原因之一。

由於博覽會場設計布置高雅寬敞，觀眾水準頗高，更重要的是展示品，除了十九世紀末的印象畫派與後印象畫派的作品，如馬奈、莫奈、馬蒂斯、梵谷外，以至於立體主義、抽象主義、幾何主義、新具象主義等的畫作，如勃拉克、畢卡索、阿孟、莫里迪亞尼，甚至安迪・沃霍、克里斯多等人的作品，都成為系列展示，當代畫家傑作滿場，尚・杜布菲、布拉吉，另外如中南美洲的原生藝術，更是魅力十足，值得再三觀賞。

筆者有感於同行的馬蒂斯博物館館長，可以當場買畫，並預期將可能收購的作品，就有很大的感慨。國內各個美術館在藏品不足，又天天喊國際化時，為何沒有一個制度來買這些具代表性的西方當代藝術品呢？莫非夜郎自大，或只是政治化與形式化的煙幕，說什麼大家都在重視藝術，看來是無知地聊備一格。

具美術史地位的作品，若能豐富一個美術館，將是國家與社會無限的資源，教育、研究、展示，甚至成為文化觀光的資源；有不滅不息的張力，作為社會發展、人類幸福的激素，羅浮宮、奧塞美術館，每天來館排隊參觀的人潮，就是現場明證。

走出會場，已是夕陽點黃昏，一群鴿子圍繞著手揉麵包屑的小朋友，上下飛舞，咕咕聲伴在關懷裡。身為博物館館員，心情感悟再三。

五

艾菲爾鐵塔正在倒數計日，還有一百餘天就西元二千年了。看著日子的消逝，自有蒼茫的感受，尤其在這秋色漸濃時；看著歲月增長，不知天荒地老可有期？天青雲白，九月氣候是個多色多感的季節。

走過羅浮宮廣場，仍然是人潮、群鳥、花叢、綠草，不似郊外的枯黃，和著飄葉與孤煙。畢卡索肖像的布簾，包裹著待修的古宮殿壁牆，雖說每年每月在巴黎城都有此現象，卻不若今年的熱絡，羅浮宮之外，大劇院也被蒙上三面藝術雕壁，而龐畢度文化中心，早已修館二年，還有居美博物館、奧塞美術館都在整修中，即便塞納河岸，聖母院也都在細心整修，而不認識的建築物，補補貼貼地，半閉半開地綿延整個巴黎城。

這些工程不為別的，都為文化容顏的恆常，尤其迎接千禧年，早為大型活動規劃裝扮。據說當公元二千年來臨的前一秒，是千萬人共同守歲待迎的歡呼，西方人常應用這種時刻，作一次人性喜悅或苦悶的吶喊，不惜集資揮灑，為了抒發情緒，熱鬧一下何妨，人生嘛！渾渾噩噩地也沒什麼意義，有這樣的設計，大家都有一份期待。此時，造型藝術——雕塑已在香榭大道開展，二十世紀的雕塑家們，還在的人參加了，不在的人也參加，世紀交會之際，有想法有成效的人，是不會錯過機會的，儘管人已遠去。協和廣場正在復元，據說是有項國際展演活動，是為人類和諧而唱而舞，有如當年建立廣場時的盛況，只是當年的故事，究竟是正義，還是強勢的協和，就沒人再追究了。看看埃及的神柱屹立在這一個廣場，似乎不是那樣的協調呀！塞納河兩岸有秋冬的花種，正在成長，也是配合歲寒的銀杏樹造景的，在水流翻滾、人聲鼎沸時，蒼蠅船、火花、煙嵐，以及岸上的情侶，浪漫在年節的新芽與希望上。

很自動的聚首，法國人早有時間消融的敏感，讓生命在咖啡香中、在花朝上，也在醇酒上，微醺裡讓存在的意義發光，一直在街旁的浪漫漢，看來很有哲學思考的沉靜，或許他就是看盡人生的生命圖騰。適逢千禧年來臨，政治、軍事在遙遠的地方，正如進了博物館的記痕，誰能躲過文化的批判？權力、豪富能躺在展示上的，又有幾項？

知識就是力量，認知才有美感，法國人懂得詩般的迷意，在人情物慾上，也知道割捨那些不屬於自己的身外物，每次造訪都有不同的體悟，原來藝術與科學是人類進步的一體兩面，藝術家來自世界各地，允許浪漫，也允諾成名，不論是現代藝術或古典方法，大都在這裡生根留存，梵谷、畢卡索、帕洛克、阿匹耶斯等等，就是很亮麗的實證。

學著羅丹的沉思狀，世界各地好像也都在辦千禧年的慶典，是形式化呢？還是對文化生活有所體悟？是數目字的統計，還是心靈的抒展？不明白花了經費是否能自我反思，它的實質意義是否加深。若是能有效地把自己的尊嚴也算進去，即便是在一張老舊的桌子上，仍然可以感受到人間美滿。

正是落葉的巴黎，深秋的涼意漸近，天空青遠，白雲朵朵，聖母院的後園叢叢花朵，那獨兀在前的菊花，鮮麗活現，向著過往的人群招手，輕語「東圃繞秋色，林亭近晚晴」，過了年節，依然香火燎亮，在大自然的更替裡，何時是歸程？

新綠含煙——巴黎早春

Isles Shetland
Orcades
NORWE
MER D
DANEMARC
ESCOSSE
IRLANDE
MER D'IR LANDE
ANGLETER
PICARDIE
FLANDRE
NORMANDIE
BRETAGNE
FRA
MER DE FRANCE
POICTOU
SAINTONGE
Golfe de Gascogne
GUIENNE
ASTURIE
BISCAYE
GALICE
ESPAGNE
PORTUGAL
CATALOGNE
VALENCE
MURCIE
GRENADE
ANDALOUSIE
Golfe de Cadis
Destroit de Gibraltar
Golfe des Iuments
ROYAUME DE FEZ
EUR
OCE
ME
TLA

一

很久沒來巴黎了，既熟悉又陌生。大概是春天時未曾來此做過客，看到黑黑的枝椏上有點點的新芽，有的已綠了一大片，襯在空盪的大地上，花兒鵝黃的、鮮紅的，不知是薔薇還是玫瑰？飛舞在園圃的除了蝴蝶外，就是一大群翔鳥，他們不停的穿梭其間、來回追逐，是春天啊！「燕語啼時三月半，煙蘸柳條金線亂」，滿眼的靜寂，更顯得萬物迎春忙。

還是慢慢來吧！香榭大道除了緩行的三兩轎車外，望見幾世紀不變的石椿路，兩旁清清楚楚地有藏青屋頂與粉黃、赭石的色澤，冷暖對比，加上沒有誇張的廣告牌，一切都如此順暢。可是冬去春來、雪融船高的季節，人們似乎也在慵懶中晚睡晚起，深怕驚動正在伸出頭的花芽枝葉，要不然已是近中午時際，街上只有稀疏人影！

莫非是凝情半月懶梳頭，還是長夜漫漫消人愁？聖母院的人群、羅浮宮的遊客比想像還多，沒入如波湧弄潮的氣氛下，又記起臺北兵馬俑的現場，人們都在熟悉中再看清屬於自己的一部分，其他的枝枝節節，只有塞納河旁的梧桐，正趕忙著上點點新綠，以及整裝待發的遊船，將駛過明媚的時光，或是一次次不息的歲月。

二

細草和煙、山巒已翠，遙望遠處的教堂屹立在巴黎山丘上，那樣的耀眼明亮。友人直指是聖人居所，觀照天際時，和光伴情，加上人的創作、教堂的建築，就如神采覆蓋，彩色玻璃依時煥發出神采。神啊！褻瀆著人們的是在哪一方。

拾階而上，古意盎然，是熟稔的場景，原來是印象畫派諸家在此取景求藝，高更(Gauguain)、梵谷(Van Gogh)，尤其是羅特列克(Lautrect)的紅磨坊女相。哦！蒙馬特地方！不僅如此單純，之後的畢卡索(Picasso)、馬蒂斯(Matisse)等都到此落腳，連來自東方的陳朝寶、陳建中等人也相繼居住於此，多麼令人遐思的地方，是在山崗一小塊葡萄園，還是小咖啡室，至少在窄巷的石階上，人們是可以較接近著寒暄，距離是人情相約相許的尺度，藝術品不都是這樣完成的嗎？

教皇教堂

有些地方過遠了，蒙馬特恰恰好，藝術家顯然相遇在這個地方，鄉情常在無聲裡，生命的機能應用在創作時，轉換的形色就不只是繪畫的表現了，尤其是那一些個人的獨見，也可能是很多人的共感。清音劃破蒼穹遠，此境只待春暖花開。雖是天晴乍冷，近白教堂的廣場、咖啡、遊客、畫者聚集一處，沒有喧嘩、只聞細語，人面初會，最是陌生無礙時，共賞人間芳蹤。

綿延巷道人群，踱步緩行，卻把教堂四周擁擠一團，信徒有之，卻不若遊客尋幽。當年被高更批為怪物的教堂建築體，雖不如典型的華麗精巧裝置，在百年以後，卻也是巴黎的文化景點，為法國募來無限的資產，與著名的羅浮宮、凡爾賽宮等處，共享千誦萬詠，更貼切地說，每年來此作客的人，哪會計較區區款目與路遙，豐富的人文景觀在這閒散風情上，如鳥鳴雀語、雁外山河。

三

真的被嚇一跳，星期日的午後，滿城人們似乎都湧到廣場來，有的躺在路旁，有的趴在草地上，一動也不動的似乎在等待什麼的。哦！大概是久違的春陽，忑是可愛，蟄伏一季的寒濕，而今春暖花開，滿地青草、陣陣泥香，東風拂過柳岸邊。有人望著初長枝椏，思量今夏可再逢，或雨餘芳草斜陽。

從艾菲爾鐵塔穿過，看到精密的鋼條交錯，看不出粗獷或雄壯之美，回頭後望是民眾廣場，在河岸的那一邊，密密麻麻的人頭鑽動，加上兩座相對的博物館，一則為人類學的，另則是建築藝術的，正好都與人的生活經驗相繫，不由然地信步前往看個究竟。

博物館內外依然人群擁擠，然則秩序井然，與先前拜會的居美博物館的排隊長龍相仿。每當有主題、有風味的展示，就是如此的引人入勝，奧塞、羅浮宮是，羅丹、畢卡索美術館也是，而居美的重新開館更吸引大量的觀眾，人群中卻可看出並非全是法國人，而是來自世界各地的遊客。這樣接踵而至的熱情參與，似乎給了博物館從業人員什麼樣的啟示。

廣場外由高而低、俯仰皆可，有女神銅雕、有戰神布局，更有人生百態的藝術造境，分別在可放置或增置的地方，相近相對、兩兩照應、壯麗如此、適當如此，這就是公共藝術的定義吧！增減不宜、視之當然，哪怕萬人過往或是風雨交加，藝術表現融入了年歲與人情。

就在那裡，艾菲爾鐵塔，巴黎的地標與象徵，婀娜英姿，與青天白雲相視，舉起相機正好入框，根健梢秀、鐵骨可秀餐，不僅嵌入時人眼，有許諾的約定，據說也有很多人在至高點的餐廳用餐，是值得嘗試一下，反正今夜歡宴勝平時，何妨有此不一樣。

巴黎的假日午後，豔溢香融，在熙攘人群中，影子不從地跌落在喧囂聲上。

四

滿枝生意的是過冬後的急迫，與遊客會眼，豈能落後，管它是花是葉，看得見的是花都春情，蹦出來的生命特別鮮活亮麗。尤其是藍天上白雲過隙，久已未用的透氣紅色磚熄，似有似無地吐出三兩思愁，不為別的，深怕被怱忙的歲月遺落。

很古老的巴黎城，每次與文化官會談後，就有一股說不上的觀感，不知在心中忐忑的是否已知的不能行，還是力有未逮。在文化工作上，法國人等待的是歷史的陳述與定位的不移，使後代子孫能據此為傲，至少可以告訴人們，我們曾經擁有，如此建城、楊柳成蔭、梧桐飄雨，旅人都翹首以望，在花窗落寞下，拾綴一份記憶。

不少人都在想，藝術可生產嗎？為何巴黎的博物館一再整修，花費不貲，動輒數億法郎，居美博物館花去一大筆，小皇宮又已跟進，只為了更符合新世紀、新意念的展出，改建了空間、調整了方向，那些遊客便蜂湧而至，不止是巴黎人，全世界都知道這些訊息。連羅浮宮蒙

巴黎市景

娜麗莎的展廳更新，日人贊助巨款，只期待畫作女主人有更好的保護與青睞。

可以預期的季節更替，挹注在藝術品上的創作，給予不同年歲的人不斷的詮釋，必須有賴文化工作者的深度服務，有如植花蒔草、綠意紅顏，相映為景，在巴黎室外如此、室內亦然。

街頭廣場、三五老人在擲鐵球，笑聲不斷，不在比遠、不計得失；或在屋簷下喝著咖啡，卻是我聽人、人看我就夠了，哪管是她還是他。忽地樹梢雨下沙沙，不知是枝椏早發的托葉，還是蓓蕾爭開，淡淡雲霧含煙，非花非蕊，且聞屋上輕雷，由近而遠。

五

春風正澹蕩，暮雨來何遲。信步又來到花神咖啡處，百多年來不變的裝扮，赭紅色的桌面，看似藤蔓的座椅，時常未語知心、人影斜過、餘香清散。

這裡的賓客，百態情真。感人的是自由自在，也是我思我在，有沙特的凝視、有西蒙波娃的對應，畢卡索也在此觀景，思緒波濤、壯麗真切，好個日沒群雀噪，舉手指飛絮。不！是雨淚交織的濛濛醉意，在片言會心間。

沒有停下腳步，因為趕前看落日餘暉，正罩在法蘭西學院的圓頂上，是法國人的精神頂光，列置在旁的共和女神，俊秀中散發著英氣，還有聖女貞德，有之絕妙的故事，很多很多的宏亮口號，已記不清哪一句比較重要，總覺得巴黎還有好多的理想，要不然罷工風潮怎也波及到博物館，然後是見怪不怪。

都很精彩，著名的博物館藏著名畫名作，讓巴黎人看個不完，或者千里趕來的遊客，跟著後面比手劃腳，雖然不至於僅是到此一遊，但須看完幾處特展，如畢卡索的情與藝，馬蒂斯的舞，梵谷的自畫像，或米勒的拾穗，再加上安格爾的泉，羅丹的沉思者等等，足夠使人炫惑！再看看波伊斯的牛油與毛毯，或米羅的幻象組合，藝術是符號、象徵，管他誰能解碼！

這可不僅是克萊恩的新寫實，也是阿曼的雕塑，它是創作與思考的傑作，是日照香爐生紫煙的心境，也得飛流直下三千尺的誇飾，無阻無礙，遊人順勢，門進門出，後波激前浪，漣漪不輟。

放下的，能如積雪消融；留存的，歲歲年年芳菲更替。能解否？塞納河岸水綠花紅。

想著想著，隔岸傳來陣陣鐘響，斯時斯地，正是聖母院晚禱時刻，我依然徘徊在幾許鄉愁裡。

慕尼黑鏡頭

一

清晨吧！天色尚是黑黝黝的，只有機場指引燈此起彼落，閃爍個不停，有如匆忙的遊客，來去聚散不知為何！

室外濕漉漉的感受，天氣可能還冷，而我循著這冷峻的感受，看著機場內的設備，是科學與人工的結合，不必揣摩、理解，就能感受到德國是很實際的民族。在大戰時激情、在冷戰後力爭進步，就以法蘭克福機場為例，大而實惠，廣被歐陸，即如到來的人種，一眼可以看出好幾種不同的面相，當然也可以體悟到他們都是有事到此洽公，或者來此一窺究竟，畢竟這個城市是國際的金融中心，銀行業務居歐洲之冠，臺灣銀行在此也有業務，多年前就曾在此叨擾過。看著街道走路的人們，有如跳躍似的速度，就知道忙碌中誰還注意到微笑的表情。

無法忘卻的是二十世紀初期，包浩斯運動成為工業革命相乘的美感，隨之而起的設計學理念，迷漫在人們的生活裡；更早的音樂藝術，不僅是貝多芬、李斯特，舒曼也是吧，至今仍然觸發人類的情緒；或者說很容易進入行動舞曲的史特勞茲，當圓舞曲啟奏時，宮廷的、高雅的人性表層，可說使人意氣風發，或被曲調激發了一份情志。還有呢？叔本華、黑格爾、康德的哲思，是否一直縈繞在世人的生活四周。「藝術美大於自然美」，康德肯定人的價值與意義。

德國人懂得分工，也懂得合作，包括城市性格的營造，如柏林、如漢堡、如史圖嘉、如慕尼黑，分別為政治、商情、工業、藝術等等發展重點，全力以赴。儘管在大戰時，仍然知道保有歷史傳承與未來接根的措施，把可能被毀損的文物，運往郊外深藏。至今德國被喻為博物館之鄉，其來有自。

這是怎樣的民族，在理智上力求規劃的實踐，在情感上則又是轟轟烈烈。過往的人群，不疲倦的神情，令人感受到一股懾人魂魄的力量。法蘭克福機場在陰濕的灰光中，仍然又看到強勁、效率與繁盛的姿容，天候的變化，似乎沒有人太在意。

二

再度造訪一世紀前還存在的德國王邦——巴伐利亞。她的名字或許在歷史學之外的尋常城邦，並沒有特別印象，但提到慕尼黑的城市，該清楚她對德國文化發展的重要性。尤其在二次世界大戰期間，她所扮演的角色，成為禍福決策的關鍵處，納粹黨徒在此呼風喚雨，人們在此受難，文物在此聚合與分散，盟軍的轟炸目標，都挾著一種歇斯底里的情緒，至今回顧，誰都認為不可思議，也過於瘋狂。

誠然幸與不幸，不全是自己可以決定，但德國人也知道傷人者恆被傷，人性之間都在相對的觀望，也體察人我互動的關係。因此，戰爭由此而起，也必由此結束，當別處的城垣倒塌時，自己家門牆也不保，任誰都清楚這是人間循環的必然。然而數以百年千年以來，已擁有的文物品，卻不是可複製或再生的，它要受到毫無損傷的安全保護，甚至比人命還重要的呵護。關於這一點，德國獨裁者也很清楚，文物品乃國之重寶，是歷史的見證物，更是未來民眾的資源，況且他本人還是藝術的投注者，曾建立美術館，知道自己的獨裁行為必遭反擊，因此在決戰前，就把各個博物館的典藏品分別運往各處深藏，如此作為，使德國在戰後得以保有一份國力與再造國家的生機。

在慕尼黑市，大學林立，博物館群聚，歌劇院、音樂廳眾多，相關文化措施，如教

慕尼黑街景

堂、古街的恢復，都依據數百年來的風格重建，百分之八十以上已不在的城市容顏，就這樣恢復了，是全德國人的共識，也是大眾的希望。公共場所由政府聚資復建，民房恐怕也是如此比照，要不然一個城市在屋倒人去之後，就算有能力奉獻，恐怕也是緩慢的。而今的慕尼黑依然光燦，商店的櫥窗，百家爭奇，豔而不俗，既富商機設計，又合都市景觀，過往的人們大都會駐足片刻，議論一番，約定再會，因為入夜後的城市，只沉醉在啤酒、音樂與藝術的品評上，怪不得在法蘭克福時的關員，看到我們的目的地時，直嚷慕尼黑是歌劇之家。何止呢？藝術寄存的城市，在繪畫、雕刻，在民間、在人心之中，即如服飾、工藝、飲食，不都是活生生的藝術創作？

沒有過多的流行風，如臺灣的Kitty貓、或卡拉OK的風味，卻有一個個自信的商店與工程，諸如BMW的廠家、賓士的家庭等。德國文化滲入國際，遍及全世界，有意無意之間以文化殖民各處。這個戰後一直受到牽制的國家，不諱言過去的蠻悍，雖然有些低調的處理，但東、西德的統一、倡導歐盟構想等，誰能不佩服這個國家的潛力，它在冷靜、實際中站立起來。

這一切所依恃的是什麼，很多人都以為精神導引著行動，才能如此緊扣著奮勵向前的力量。精神在於知識、信仰，也在於歷史與文化，看過希臘雕塑博物館，看到優美的人體造像，又如此之多，才明白原來的希臘國家，早已於紀元前三世紀就消失了，雖然是文明古國，但土耳其攻進希臘之後，長年的戰爭，這個地方，已沒有任何名義可以指出希臘的存在，直到土希戰爭之後，西方在崇拜希臘古文明之餘，由巴伐利亞國王派人擔任希臘國王，後來為了紀念這個開國之君，便在慕尼黑市建立這個雕塑博物館，收藏涵蓋希臘與羅馬時期雕刻藝品。

類似收集文物品的措施，除了大型公立機構之外，民間的興趣，也投注在這些時代所刻劃的實證物上。經驗寄託在這些文物時，也傳遞著生活的歷史，人類之所以有所作為，就在這些社會化的價值上。

過去只知道巴伐利亞是德國富有的城邦，曾富甲一方，也重視文化，但從沒有這樣的親身體驗過，因為參觀過國王廣場，相對的博物館建於一個世紀前，是路維德國王時代，而巴伐利亞國家博物館、民族博物館、自然史博物館也都在此時興建，加上歌劇院、音樂廳等等，都顯示這位領導者的價值取向，影響所及，連希特勒也在廣場上建立門牆造景，雖然是壯大聲勢的目的，但文化的感染力，是精神生活的指標，滔滔不絕的演說者，所求的也只是那些掌聲的儀式。所不同的是永恆的，還是火光暫爆，路維德世家的政績如何不去討論，但用心在文化的修為上，則是萬古長青，使德國人在順境中品味藝術，在逆境中肯定自己，因為豐沛的知識泉源，就寄寓在博物館中的文物上。

三

不愧是博物館的故鄉，慕尼黑原為明星之意。這顆明星早在遠古以來的時空中閃亮，是土地的富庶？還是人們的才華與辛勞？或者是大地的蘊藏無限？二月天，雖然還是冷颼颼的風雪，但枝椏已有了動靜，似水墨畫的深赭石苔痕，點染在抖擻剛勁的梢點上。

樹幹孤枝，任憑淒雨伴烈風，幾個世紀以來，溪渠橋墩，垂柳款款，行人佇足，不知是尋思，還是築夢，有足夠空間，可以自在地踱著方步。這種緩緩行徑，與當代的德國人，動靜相契，因為有準、穩、狠、健的一式標準，可攻可守，可進可出。

從十六世紀就被製作成模型的慕尼黑城垣，可看出德國人的藝術修養，城中心的王宮、教堂，至今不變，製作的質感，引人喜愛，比起古地圖，更真實而且具美感。真實是與寫景比較的長久時空座落，是歷史成長的刻痕，也是人類經驗的守成。讓人看了，好生羨慕，因為儘管曾有過戰爭的破壞，但隨即恢復舊觀，戰後此城復原，即為一例。

不知他們的祖先比較單純，還是比較愚蠢，為何不會在有錢時，把舊有的房舍夷成平地，然後再建新居？為何臺灣居民很難得找得到百年以上的建築物，有之亦已面目全非？大概認為汰舊換新是一項美德吧？若全然如此，又如何啟發人們的愛鄉之情，或引導經驗傳承？西方之所以在古文明之外的文明，至今成為殖民文化的宗主，莫非是保存事實，觀乎四方，消化知識，而後作為前進的力量。

環城裡，幾乎都是博物館，自然史的博物館、人文性的博物館俱備，參觀大型的展覽，往往在一年前即須預購入場票，又有整年的長期票，家長為了鼓勵子女多上博物館，會贈送這些長期票作為禮物，因為博物館是人類增進知識的寶藏，提早參觀學習，將可健全成長中的人格發展。人們在博物館見證過去，策勵未來，必有感悟、必有啟發，在未來的生命中，可以體現人生價值的意義。

昔日納粹集中營，雖然已改成博物館，但肅殺之氣仍迷漫在現場。不是電影的氣氛營造，從史料與實景的參觀中，可以想像當年的種種，有人雙手合十，看著展出的片影朵煙，就感受到一股強勁的凄寒，加上斜雨勁風，打在臉上麻麻的，更感到不言之教的沉重，而斷腸默默、嘶喊無聲的過去場景，真是人類自殘的惡夢，無不令人自惕。此景不移，德國人時以為鑑。

望遠愁多休從目，慕尼黑的城貌掠影，有歌有舞，有憂有悲，然而人們的群策力量，不畏狂風與浪頭，仍然在生命的湖泊中駛過夕陽晨曦，漣漪陣陣，交織在人性的光輝裡。人不經意走進傳統的啤酒屋，一陣鄉間歌舞曲調，導引著大眾腳步，正促對擊拍歡笑。人嘛，有時候忘情一下何妨！

岩上城市——瑞典文化之旅

ARCTICUS
Faro Insulæ
NICUM
D ZEE
MARE BALT
Meklenburg
Rugia
Strand

一

從未有過在機場等候六小時再轉機的經驗。辦完了各項手續後，獨坐在候機室內，看看來來往往的旅者，各種膚色、各個表情，匆匆而過，好不令人眼花目眩。實際上也可能有人看著我在發呆，在清晨的大早兀自喃喃夢囈般，也納悶我這個人為何而來，在生命的流動中，躑躅在法蘭克福機場。

這個城市並不陌生，是國際金融中心，也是歐洲工商業的集中處，世界的首要企業，大都會在這個城市駐足，設一個聯絡處或是什麼的，臺灣的金融界也在此設立辦事處，如臺灣銀行的業務，延伸到此展現臺灣的實力，包括股票投資或貸借之類的業務。我曾在市區很努力地參觀金融之外的文化工作。除了古老的傳統文物外，當代的藝術發展，也令人刮目相看。總覺得一個城市有活力，它的藝術必然現代與蓬勃。

忙，都是有目的的，法城的民眾走路的速度高過其他的市區，因為時間就是金錢，也是生命，沒有等待的空間，也沒有暫停的慵懶。有的都在競爭的過程裡，有時候都忘了自己是否還活在人間。這樣的生活、這樣的人生，成為當下社會的正常現象。直到有一天年老力衰，或有些體力不支時，才猛然驚醒，然而一切都將停滯了。

迅速得無聲無息，生命原來就在等待或掙扎中消散了。看到壁上的時間表，每一指針的刻度，就是生命起落的影子；哪一天你聽不到滴答滴答聲，或是看不到一點一點地向前挪動的指針時，也就是千古一別的時候。這是多麼現實的場景，任誰也無法拒絕的結果。

倒是坐在候機室的人，個個都很自在，有的在打電話，有的在聯絡友人，有的在討論事務，有的走到指定的地方抽煙等等，各有所為，各有心情，大概也因為生命的感度是即知即興的，就讓它自然流動吧！自己如何掌握美好的生機，才是存在的重點。

過往的人群，不論是真實的、或是佯裝的瀟灑，只要有益於美感的營造，那些流汗的，或是有些佝僂的人，正是完善中的對比值，使人深感人間世的不定性。

沒有標準的行為，卻都被尊重著，人種是先天的降臨，行為卻是後天的學習。小孩無目的的哭泣，與無對象的嘻笑，媽媽們都得教導一番，直到他們知道哭笑的表達，並不能獲得全然的認同時，才會在其他的計算中，重新確定自己的行為方向。

人潮一群群地運走了，在清晨的時刻，聽說都要趕到比利時觀看全歐的足球賽，使這個夏季溫暖的歐洲更為熱情了，然而可苦了我們路過的訪客，足足的等了六小時，才能入號啟程，真的使人有種生命跌落的感受。為了彌補這種空白，只好看看機場的新款設備，包括整潔的座椅，或多彩的燈光、便捷有效的動線，尤其清靜如空的窗外，穿梭空港的各類飛機，叫人無法辨識它是屬於哪一個國家的。突然有一家漆著中華民國國徽、青天白日滿地紅的標誌，十二道光芒的圖記出現，以為是臺灣飛來的機群，仔細一看原來是Namibia國家的。知道只是阿Q，但也頗有感觸！在這個國際詭異的變局中，多了一層思慮。

二

水光雲影，搖蕩綠波。

瑞典首都斯德歌爾摩，聞名國際，傳頌古今，尤其每年的諾貝爾獎，竟然成為世界一群精英人士的獎勵地點。不論是被制約，或是以獎證明能力的，它的作用，至少在百年來是一項令人追尋的美夢。

讓人懷疑的，倒不是獎項本身的極善目的，而是這個北歐國家，究竟有什麼樣的成就，受到世人的敬仰，進而參與了這個獎項的儀式，有如教徒在受洗中，大公無私地走入人群的祝福中。

是否在人種上有較優秀的基因，那些高頭大馬的維京人，金髮碧眼的、炯炯有神的儀態，就是他們，創造了北歐的繁榮，尤其瑞典一地，在千山萬水之中，是皓月千里，還是明日當頭，以致有條不紊、善於應用自然，保護它的原真，並且小心翼翼，與之共存。

並不清楚維京人的想法是否較為保守，還是思慮較遠，凡遇有不利於自己與別人時的反擊行為，理所當然的被尊重著，不必法律的追擊，而在自己內心中，有一份永續不變的奉行，讓此山當是先人山，此月亦是千古月的恆常，也使鷗鳥鳴春年年是，秋樹落葉大地霜的更替，是個可信的共感。這裡的子民看得到是明天此刻、或明年、更多的此刻，都是一般樣、一樣情。

夏季的北歐，是夜短日長的歡樂季，也是此地動植物的繁殖時刻，該忙的或該休閒的都在進行著，尤其有水城之稱的斯德歌爾摩，幾百年前的日照城市顏容，至少仍然鮮麗，一幢幢藏築於水岩之上的古堡住屋，都有說不完的故事。已經不是以錢論值的問題了，而是其歷史價值與維京人智慧的刻痕，展現在現實生活上。

現實裡，看到的是科技運用與人性的關懷，沒有遺棄的廢物，包括對寵物的愛護，養狗雖多，卻不見滿地狗屎。這比法國街道文明多了，比起臺北，更不知相差多少，尤其愛狗又不知自律，真是人比狗又如何?青苔叢樹綠山野，百花枝葉伴行人，穿過街道，張望赭紅壁瓦，如絮白雲飄過，可以緩緩踱著方步，看著每一方寸的景物，都有很長很長的故事連結。

波羅的海泛漫在岩島之間，映現著山林的煙影，海水呈現著墨綠色，波光渺渺。岸上的釣客一拉桿，此地稱為飛魚的小魚兒連串上鉤，被陽光反射出如潔白的方鏡，又似天鵝羽毛著身，如詩如畫。夏天的北歐是個熱情如火、情懷亢奮的季節！

三

由十四個島嶼組合的斯德歌爾摩，真是個美麗而壯闊的城市。歷史上的瑞典國，總與它的民族性有關。位處海洋之地，人種高壯而強悍，凡事有目標有盤算，只要能展現自己能力的，都是他們致力完成的。這個民族是「史上赫赫有名的維京人，雄霸一時的海上勁旅」，說得實際一點，在英國、西班牙、葡萄牙崛起海上強權時，維京人的冒險精神，凡被追逐過的民族，受到的衝擊，仍然餘悸猶存。這種特殊的文化，在歷史上留下了深刻的記痕。

哥城的街道規劃，或是公共建築體，如教室、市政中心、博物館、學校等，都具有極高雅的氣質，與宏偉磅礴的氣勢，幾乎僅次於西歐的人文社會。建城八百多年來，未曾有太多的改變，族群保持合作協力的尚武精神，除了築屋建物的堅固外，人的現實是不可轉移的理念，如利己為尚的措施，包括因應宗教改革，由天主教改奉路德基督新教，是配合生活思想的現代化，並沒有很多人喜歡上教堂；如為經濟的目的，可以屈附在妥協的條件下從事貿易活動；又如為了自保，兩次大戰均宣示為中立國等，然而在歐洲第一個承認中共政府的就是瑞典。這些事例，都顯現出這個國家的講究實際的精神。

維京人的後代，已懂得和善為尚的好處。他們的科學家發明了火藥，成為軍火的製造者，卻也設立諾貝爾獎，風靡全世界，成為國際成就的認定標準，雖然不乏有些主觀的選擇，但世人仍會以此為榮。商人也由掠奪的意識，轉為分享的慈善。但當今汽車、電子業不正是在全球各地舉起競爭的旗幟，為了更多的利益，有時候也實施政經分離。臺灣與大陸的相互對待，不走一趟瑞典，是不容易感受出來的。

正因為如此，商店的擺飾，傢俱的設計，簡純大方；玻璃製品，晶亮耀眼；花園簇擁在路旁，或行人道的角落；而新舊城鎮，都保持一貫的整齊乾淨。高頭大馬的女士，養的狗也是雄壯威武，還有到處征戰的運動家，可以看出他們平日生活，就喜歡騎車、衝浪與奔跑。這種強身建國的傳統，令人印象深刻。曾在他們的史博物館看到千年前的墓葬遺骨，一個十歲不到的小女孩屍骨的胸前，就放著一把刀，顯示這個民族的尚武精神，一直流傳到現在。瑞典人是有極深沉的民族性格的。

看過民眾的舉止，也明白了他們為何在數百年前就建立劇場、戲院與博物館的目的，乃在保持他們的文明過程，使之有繼往開來的機制，又可從中學習一些與人共處的規律，好比破暖輕風，弄晴微雨，欲無還有。整天幾乎是白晝的夏天，絕對的休假，因為所有的人都有如此習慣，博物館也是半休館狀態。人在此刻是清醒而多情的，徜徉在海邊、在草原、在明亮的大地裡。

來此作客，倒有幾許挑剔，但是在乾淨的環境裡，要尋找不乾淨之處，難；在大力吸納空氣中，要不放懷，難；在舉杯飲水時，要不大口暢飲，難；而在這個力行社會福利制度的地方，生活費用昂貴，要不省著用，更難。

四

社會主義國家，幾乎都很重視文化的發展，因此博物館的設立，成為文化體現社會理想的方法，在服務社會的領域，有較高理想與多元性的服務，並且在人文修養方面，提供既深且廣的視窗，淺易者可知可感，深奧者則探究真理，對人們生活的品質，有絕對性的提昇作用。

瑞典的博物館在一百年前就有很好的建築體，均為博物館功能的呈現，才聚資興建。外型類似皇宮，氣勢宏偉，室內寬闊高朗，設有各類展示與教育專題，加上近代科技的配合，儼然是後現代主義的組合，既有傳統典雅，又具工業性的分工，使人置身其中，就被外在的設施所震懾。比之西歐的博物館，很多都是皇宮改裝而成的硬體，更為適當而精確。這樣的景象，很難使人聯想到幾百年前的維京人在海上掠奪的狠勁，因為博物館是教化大眾使之向善的文化象徵，在北歐的瑞典，早在二百年前就有此行動。

有時間的流逝，就有歷史的意義。在北歐博物館內，陳列著瑞典等北歐人的衣食住行、生活習俗的種種形式，如百年前下午茶的原型、或是過去披薩(PIZZA)的型態，以及百年前巫婆的指罪等等，使觀眾研賞再三，從中體悟人性究竟是如何。沒有過多的文字說明，以生態重建作為博物館教育與學習的方式，乃是國際性的文化傳承理念。或許很多人都以為說明文字宜多且細，但觀眾的參觀，通常是在快速與重點式的視覺凝視，並非是攝影機的全體攝入，有重點有清閒的學習，才符合經濟效率原理。

北歐博物館

然而頗具國際性格的現代美術館，

倒令人情緒起伏不定，因為看到的作品，似乎與在法國、德國、美國、英國無異，都是那些印象畫派、未來派、達達主義、極限主義等的作品，沒有新鮮感，又沒有震撼人心的佳作。如果只為聊表一格則可，但若是用很大的空間展示次級作品，將是很浪費資源的事，不如在瑞典國家博物館陳列出瑞典畫家的作品來得有張力。當然，以瑞典為主題的其他應用性的美術品，如水晶玻璃傢俱沿革，則是令人駐足忘返的地方。

兒童博物館也讓人印象深刻，寓教於樂的設施，不僅引起小朋友的興趣，家長也玩成一團，如浮動拉橋、石磨研麥、購買零嘴等等，使他們的學習從小開始，角色認同不假他人，文化性格也是件自導的事。可見瑞典人早在百年前，就如此重視全人的教育，難怪他們的科技一直保持領先。

地處北歐，人種特異，高䠷修長，街上行人，看來有點像在舞臺走秀的模特兒，緊身衣飾，在夏天裡打扮得有如仙女下凡，亦如勇士上場。小時候常看到的服裝雜誌的人物，一時之間躍然眼前，半信半疑地多看兩眼。他們似乎在享受難得的陽光，或躺臥海邊、或趴在草地上，為的只是想親近太陽，抓住熱情的長夏。

真的！作息不能看天色，否則必然不知何時該休息，何時該上工，猶記剛剛入夜，怎知翻個身又天亮，連枝頭小鳥也搶著熱鬧，吱喳個不停，以為睡過頭，趕緊起床梳洗振奮一番。倘若如此日夜長明，如何能不借時鐘定作息，因而這裡的手錶掛鐘可用得著了，常在不經意之下，自我提醒一番，千萬別忘了此地的仲夏之夜，黑夜只有三、四小時的。相對的冬季呢？白天是陰沉沉的，還以為是天冷雲厚，也不在意是否入夜則眠的心情了。

這些現象，反映了北歐民眾的生活，外來的人是會有不同的感受的。一群來自臺灣的觀光朋友，在用過晚餐後約莫晚上九點時，仍然興緻勃勃的要到街上逛逛。說的也是，明亮的光線，照耀著古典建築，海風樹影相隨，既浪漫又舒坦，加入在街頭啜酒嚐醉的行列，豈不快哉！據說明晚是仲夏節慶，還有很多古老的傳說與儀式，想當然耳，人們豈能不珍惜有陽光的日子。

空林無霜——中歐日記

一

晴空、亮麗，立陶宛都會的印象，在上次訪問時已感受一股寧靜、幽雅的氣息。

那時候是晚春初夏之際，雖然還有些冷意寒風，但蟄伏一季的蒲公英，伸展了淡黃的新芽，隨風一點一彎地鋪滿著無際的大地。

大都是蔥翠的林場，不太平坦的山丘，居高俯看時，設在遠處的農舍，有些像是古厝新屋的深紅，常引人注目。看著想著，也關心住在屋內的人，在季節更換時，是否有任何形式的慶祝，尤其冰封近半年的土地上，應該是休憩與冬眠的。至少像在亞熱帶的故鄉住久了，對於嚴冬，都有不同的期待，或轉運的祈求儀式，包括過年的鞭炮聲響。

而今，再次來到它的第二大城——考納斯(Kaunas)，像極了歐洲常見的風格，鵝黃兼夾一些紫青，有如童話世界的卡片，美麗得有點不真實，尤其過往的民眾，臉上抹塗一層泛紅的神采，照映在初昇的朝陽上，純樸健康，輕輕挑起的嘴角，欲語還休的招呼，看來不必花在語言的學習上。對於東方人，好奇的打量著，我們的出現，可是引起他們興趣的對象。平均高過我們一個頭的個子，高高在上的環顧，除了清楚四周環境外，低著頭可能也是一項巧合，因為經濟不振，生活必定艱困，街上的繁華，必很制式的規劃。

好在已經獨立好幾年了，街上的色彩，也開始變化，調和了灰白之外的青綠，層次分明在累積，多了一層自由的彩光，顯得五彩繽紛，適合了物類的原性，萬物皆生一份清欣，似驟雨沖洗後的樹林，無限生機滾動而來。

立陶宛究竟有多少文明，在我的行程裡，仍然陌生，但從民眾待人接物的態度，可以看出自主個性，與不屈的精神瀰漫在行動上。儘管這個國家一直是被瓜分或占領的對象，拿破崙、希特勒等強權，壓根兒就沒有注意他們的存在與感受，以至後來被蘇聯侵占，都是以大欺小的行徑，但他們保有尊嚴，也保有歷史，在可能的時機，宣布獨立；也就是如此的果決，促發蘇聯的

考納斯市區大道

解體，第一個在共產集團中，有力證明他們的民族，是尊貴的實踐者，這種獨來獨往的作為，不就是日爾曼民族實證精神的再現？至少德國人的冷眼旁觀，就事論事的性格，挹注在這個國度上。

時代的面相，在行人的匆匆，也在資訊的傳播上，速度的掌握，連結在建築體，古典風格的住家商店，依然那樣的迷茫，使人流連不已，而風切似的嶄新高樓，沿著綠叢的盡頭，有排列組合的風影，隨著季節，依著時序象度，精確地展現科學中的藝術情懷。我不知道如何形容，反正看了這個城市，有被吸納住的纏綿，無關自己願意與否，甘心地與之消融。

仍然是沿路的花叢，歐洲人都知道它可以軟化現實的冷酷，也能適時尋找每一節氣的花冠，有如中國人老祖先，也分出四季的花節，隨時因地而栽植人們心中的希望；但在本世紀裡，中國人都在忙著為人們服務，口惠而失心，不知所以然與必然，而這個古城的新花種，難不成自己會變形或自栽，何以如此的鮮麗，連群群各類鳥兒，啁啾在秋的容顏裡，顯得優遊自在，即如過客與之逗趣，也跳躍在四周，舞在斜陽的照射上。

活力在平時的萬物運行裡，沒有多少在追逐出人頭地的使力，因為精疲力盡時，是出頭迷眼，暴丁必擊，何如風高氣爽，心遠地偏。我看一位母親正引著她的小孩，注視著待開的花蕾，聽不懂她們的對話，但那份神情，正是得意忘象的寫照，我又何必多管他人閒情。

在這個不太熟悉的地方，突然感覺到人是可等待的希望，我們對他們的欣賞，是在新鮮、有趣與閑閑氣氛，他們對我們則是指指點點，尤其是小孩子一哄而散的動作，看來是他們正打量著，那有和他們不一樣的人種，如此古椎逗趣。

只有陽光依舊，夜晚將臨，明天又如何？

二

已冷了，在近北國的十月天，室外呼氣漫漫、白煙接口，或口吐圈圈，增添冷空寒地的氣息，儘管是那一點點。對著飛過來的群鳥，有一份難以挑剔的親切，畢竟我踏上這個久遠卻近的大塊平原地，有種「午夢千山，窗陰一箭」的幻境，在都會場景，也在人我心情。

走過被喻為香榭大道的徒步區，胡惇卜代表指著前面一座蘇聯時代留下、東正教巍峨壯麗的教堂，說它除了是教徒信拜的地方外，也曾是文物展示地點，看來宗教與文化的結合，是越來越急迫了。因為法國梧桐的片片落葉，夾帶來的濕冷，已是夠讓人雙手呵呵不停，也令人不經意地更走近香氣撲鼻的咖啡室。

大道兩旁設有左岸、右岸，大概是左邊、右邊吧！綿延二公里，都是這樣的浪漫，據說它的盡頭可到達另一個城市。不論是否要喝點什麼飲料，徒步來回，一面觀賞一面閒聊，除了對健康有益外，對於人我互動的人情關係，也大有進展，據說想要成為政治人物，或顯要於人，都得常在這條街道上走走。

這裡也有很多樣的名牌區，百貨公司雖然不見得大到使人迷路，但豐富的物源，卻不亞於巴黎與臺北，只是價格看來較便宜，不知道商場也分地區，或是品質也分高下，「貴一定有理由」，真的是這樣嗎？那麼這個地方為何有不貴的名牌呢？

星期日的午後，近零度的天氣，人們大都留在家裡，享受家庭時間，街上顯得不夠熱鬧，有點像臺灣寒冬過除夕的景象，這樣的事實，倒令人有種喚回心緒的喜悅感，尤其臺灣大地震之後，盼望在今年過春節時，也能看到它的回春，正如立陶宛這個古都，也是它的第二大城——考納斯的內蘊與氣質。

隨著黃葉飄落，一陣腳步聲，三五成群、打扮謙謙的人士，朝著教堂旁的美術館前進，看來是為參加「臺灣鄉情水墨畫展」開幕而來。的確，我們千里迢迢來這裡，就是為了介紹臺灣水墨畫的成就，並與立國民眾交換藝術心得，也如胡代表說的，文化交流，可促進兩國人民的了解，與感情的結合，還有更多的理由，說明這趟遠行，是值得國際文化界重視的，因為沒有新的視覺感受，就沒有新的知覺認知，沒有新知識，就沒有新智慧，藝術家的工作，承受他所受的社會意識，而發展為創作的素材，它代表一個社會開發的現象。

臺灣近五十年來的努力與成果，除了被打壓與被封鎖的國家外，都知道那一份百家自起，求變求新的氣象，更具生存的活力，尤其是在被壓迫後的自生力量。這些現實增進了藝術創作的元素，尤其是水墨畫的表現，在幾番風雨幾番情的沉積中，所表現的清麗，事實上是兼具中華文化體的現實性與社會性，其中隱身社會各角落的畫家，更是代表這一時空的人性發言者。所以水墨畫，事實上是臺灣中國人的臉，也是生活的營養，它該是可愛可敬的。

而今有近二百餘人的立陶宛藝術家、政要、媒體，爭相欣賞與打氣，尤其媒體好奇地看到掛在牆壁上的大國旗，問起臺灣的種種，何止是水墨畫的境界，我們不由得成為對臺灣好奇的解答者；當然除了告訴他們，我們如何自立自強外，從藝術創作的內蘊力看，就了解它是歷史的真實文明，也是時代的精神符號，有雄厚的文化體，也有現實的感光性，道道地地呈現出二十世紀臺灣子民的性情。

此地的藝術家，詢及用印、裱裝、與內容，仔細於每個細節。道格拉斯(Osvaldas Daugelis)館長是位藝術史學家，早已從十幾位畫家不同的風格表現中，分類出寫實、寫意、抽象的不同形質，作為系統的陳設。會場寬大完善，正好使每位畫家作品都有一展畫境的機會。更多的專家與大眾關心於內容的了解，包括詩文、書法與篆印，尤其東方美學的神秘，更是解釋的重點。在西方世界裡，對於我們如此熱力，都會感受到那份深處相契的期待，希望從這些畫展的內涵，尋覓某一層次上的共鳴，也將是敞開禁錮心靈的機會，當年的馬蒂斯、畢卡索，就是受到不同文化形式的影響，而有開創性的表現。

一直在仔細觀賞，整個的場地在開幕以後更見人潮，從他們的態度，可以理解他們是誠心而認真的。而作為主人的我們，更不計時差上的不適，竟然說上三小時，在他們陸續離去後，還有一位頗具哲思的副省長森瓦提斯(Valerijonas Senvaitis)先生，更直接提到水墨畫的內容，是不是道德的修養，與現實生活共築的藝術堡壘，說是也不一定，但面對這樣的內行人，直覺我們還要更努力與精進。

一個文化體，就是一個社會價值的根源，立陶宛有很清楚的立國精神，也有很進步的基礎建設，它在博物館營運，只有考納斯一地，四十萬人口的城市，就有八個大型博物館，分別從事不同類型的研究與教育，面對新的世紀，相信它是健壯的，也是一股雄厚的力量。

館外細雨寒風斜，刺骨冷氣直逼人發抖，早已習慣此地生活的人，卻仍在館前岩階上，哈個氣抽根煙，二三好友聚話家常，似笑非說的望望沙沙落葉處，有個餵鳥的老人家，髮梢吹拂起，正是銀白一片，與眼前的東正教堂的斑白，同樣寂寂。

三

深秋色明，樺木葉黃，一片片一排排，輕風未動葉飄遠，在溪谷，在岸邊。這一條水藍緩流的河道，由白俄羅斯向此流入海，不及問其芳名，但可看得出曾有水運功能，而今也是水源渠道，水漲行船，水淺垂釣，尤其嚴冬雪封，必有人鑿冰釣魚，是個很費人讀解的喜愛；人在自然中，究竟是依春得意，還是景色怡人？

總之，流過威爾紐斯(Vilnius)市區的水渠，潔淨素雅，兩岸垂柳一溪煙，片帆忽遠有孤舟，在流過幾個世紀，後人欲知前人事，前人可想後人情。因為歷史是時間過往的沉澱，人的事，都在物理相應中有很密切的連結處。

好比威爾紐斯大學，是古歐洲的名校之一，至今三百多年的歷史，校園宏偉古樸，庭院中有一處碑記耀眼，據說是大學花園的濫觴，常有遠道的訪客到此投夢求實。這個學校的建築，與附近的大教堂都有堅持，也有氣勢，在映照可期古今事，竟是這個城市的象徵與驕傲，立陶宛人獨來獨往，自主判斷能源豐沛，可能與他們的教育有關。

文化城是時空遇合的結果，立陶宛全國人口三百五十萬人，大型博物館有一百五十處，這樣的密度，加上整個城就像學校似的學習場所，怪不得生活在這裡的人們，在街上、在餐廳，都有一股悠悠然的自信。

被整修的教堂或紀念物，除了硬體的裝飾，也在它的歷史陳述上，有個可信的實證，作為還原事實的力量，也提供大眾學習的資源，有一名叫聖安妮哥德式的教堂，外觀精巧華麗，頗具藝術性，據說當年拿破崙西征，路過此地時說：「設若我的雙手有能力，將會把它抬回法國」，可見此教堂藝術精雕的美觀了。

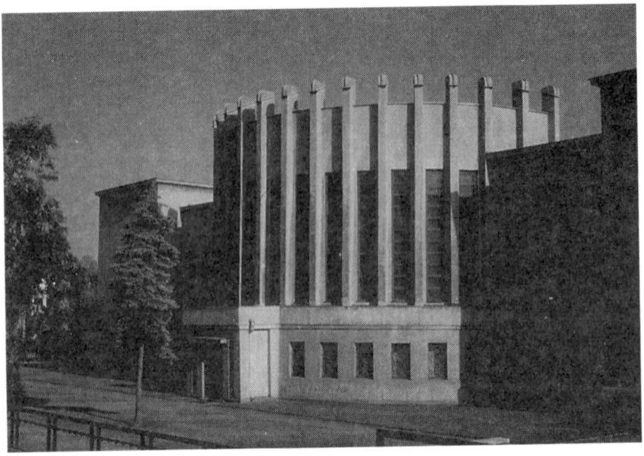

立陶宛維爾紐斯

不在意天主教、路德教，街坊布滿各式教堂，成為這個城市可讀可感的對象，也說明這個國家的人民是何等的有神，在其文明史上，羅馬人、波蘭人相繼而來，然而在教士、紳士共治之下，大多數的民眾務農為生。至今的經濟作物，仍著重在牛肉乳品、木材傢俱、馬鈴薯與織品上，工業出口則相對減少。

說到色彩，不知是地處北方的關係，還是他們共有一種習慣，黑白是因冬雪夏陽，然而黃綠紅的三色國旗，色度也相繼持重。道格拉斯館長說，原來他們國旗是一位勇士持戰戟在全紅地上，很有一種雄壯威武、又具權威莊嚴的古典之美，怎奈共產黨強占立陶宛之後，蘇聯旗幟也一片大紅，上面有鐮刀鋤頭，看來就不悅，因而獨立後，就把原來國旗改了，並以黃為大地陽光，綠為生生不息，紅是鮮血爭取獨立的象徵，這一說法得到國人的認同與遵奉。去年是他們獨立十週年，這面國旗被簇擁在街道，熱血騰沸也感染在旁觀看的我們，並與之鼓掌。

並不是愛好自由，就可以為所欲為，立陶宛的街道整潔得一塵不染，市街沒入高聳的樹林裡，白壁紅瓦透露著鮮麗，類像喜鵲的鳥群落灑一地，不經意和著較深色的梧桐黃葉共舞，秋濃未見雪，幾度風淒淒，鳥雀喈喈，感動在晚秋的街坊，沒有狗兒瀼瀼，也沒有溜狗的大爺，大地潔淨，人性馥郁，豈是愛狗害狗的假道學可比，問之何以如此，聳聳肩，說人有更多的愛心要發揮，也有更重要的事待做，沒有狗，你不覺得安寧許多？既清閒又乾淨的。

這是個美麗的城市，文教設施精緻，人文氣息濃厚，正在更換過去蘇聯占領時代殘舊的屋舍，以及挹注濃稠的人性景觀，好幾處在整修復舊，期能在可見的物象上，多一層民族的圖象與驕傲，正如我們的姐妹館——立陶宛國立歷史博物館，展出該國的古地圖，歷歷可指的是他們真實的存在，承一點一滴的知識相傳時，後代人就可從中匯集智慧，生活的信度與幸福就可以預期了。

寒風呼呼心千里，不曾感應思家園，在遙遠的地方，想起文化工作的種種，豈只孤獨招風，必要青草鋪岸柳色青，在一片清心尋幽裡，共掌人情溫煦。

四

關隘過往，看似容易，實有難處。

先前曾在波羅的海三國間穿梭，在駐外胡代表協助下，以及姐妹友館的情誼，陸路通關，除了檢查、等待的時間，並沒有多大的難度。有時候想起來，倒很像當年德國在戰時，或蘇聯期間KGB所控制下的檢查站情節，有點肅殺氣氛，帶有些許恐怖。

而今從立陶宛的首都——威爾紐斯，要到白俄羅斯的首都——明斯克(Minsk)，因為班機無適當班次，又得繞道莫斯科，再轉回目的地，比起兩都之間的陸路行程要多花三倍的時間，只好要求從路上關口入境。事實上，這也是全新的經驗，因為立陶宛等三國，雖也被蘇聯統治，但立國精神尚在，早有西歐文明的軌跡，對自由、民主有高度的體認與實踐。而白俄羅斯雖然也有自己的古文字，目前卻無法應用，必須仰賴俄羅斯文，更正確的說，白俄羅斯比之俄羅斯，是更典型的共產主義社會，其生活型態與意識可想而知。

由於國際間的文化互動頻繁，白俄羅斯也會有很多的適應與改進，但畢竟不是一朝一夕可以完成思想改變，所以通關的手續，就有些繁複了。當我們從立陶宛關口下車，提著行李，步行二百公尺時，那種場景，真是有些新鮮，比電影上的演技更為真實，尤其初雪已飄，從亞熱帶地區來的訪客，糾起來的臉，就知道是內外交攻的寒冬。就在這段期間，真想有股威嚇的力量，掃除這些障礙，不是世界大同、行動自由嗎？或者有如臺灣的大地震，來個天崩地裂，走山積谷，那時候國界就沒有了。

怎奈現實的世界，我們仍然亦步亦趨地遵守規定，在相接的兩國中，品評一下他們的各自風貌。

過了關卡，不知心情稍懈，還是山一程，水一程，各有刻劃，總覺得一樣的山丘連綿，一樣的白樺木間蒼松。進入明斯克有一百五十公里的高速路兩旁，除了與立陶宛截然不同的農舍之外，就是沿途的金黃色彩，有些還掛在樹上，有些已飄飄然落地，在滿山的黑松重色襯映下，畫家的眼睛，必然有個取景入情的衝動，正如古詩人所吟：海棠未坼，萬點深紅的漸層，畫眼詩意在這山崗上。

還有牛群在哞叫，甩尾驅蟲，互舐擦背，好個深秋添勝景，農民在旁收拾過冬草糧，一群群鳥鳴聲響，劃破寂靜大地。這個郊外秋興，對於藝術工作者，總有不少的提神作用，只是萋萋芳草，天荒地老時，與誰語？尤其生活在此地的白俄人，是否有更多的嘆息。

都是共產惹的禍，什麼國防武器，什麼集體共難，儘管可以心事重重，而立下重誓，要擁有全世界，卻失去了人民的生活幸福，好比一團漆墨黑壓著一肩的沉重，又如何看到窗外清煙伴嵐影。如許輕盈的景象，不知可想像否？可探求否？

在白俄，沒有善舉措施前，只有想想看看，心中自有知覺味感。兩年了，先前一次看不到外商廣告，而今處處招牌，且是人潮湧現，說明今是昨非否？過去冷眼看蕭條，對來自東方面孔，好奇地指指點點，而今再見已綻笑容。雖然還看不到春顏化雪，卻能接納水涯映臉，與天空白雲共遊蒼穹。

這一次的造訪，是應邀發表論文，談談臺灣的文化工作，博物館的信度張力，反映一個國家的發展，白俄人也深知這是必要的窗口，因為去年他們在臺北，了解以我們現身說法，更能體現文化互動的溫度有多高，尤其在他們想與世界文化同溫時，我們提供了這份能源，所以忍受著別人不解的疑惑——為何到此費神。

壁上無物壁上觀，雲中無動雲中行，人的價值意義，在飛逝的歲月裡，增減一些什麼的。

五

保存、維護、傳播是博物館行動的基本要素。國際有關博物館營運，越來越重視它的人文素養與社會意識，並擴及社區與國際交流活動。博物館已成為人類學習、再生與價值判斷的場所。

參加白俄羅斯國立藝術館舉辦的國際學術研討會，雖然語言上有些隔閡，但也因為這層關係，更有必要與會討論，當筆者闡述博物館工作是一個家庭，是一個整體，不分國界、時空，都得投入全盤的精力時，與會者首先好奇，臺灣的地震如何，博物館有何影響，然後追問再三，臺灣的博物館如何營運，有沒有合作的機會，反應之熱烈超乎意料之外。當然以自己的經驗，不難給予各方面的解答，倒是有個感想，就是我們必須走出來，接納各種資訊，組織資源，匯集力量，才能做好博物館的工作。

更確切地說，安於某一層次的成果，必然有久之缺氧的時刻，好比此時此地，室內保持20度C，深怕室外1度C以下的風寒，而緊閉門窗，在不經意之下，必有頭暈目眩的病情，換句話說，偶而或計畫性開啟門窗，接受新鮮空氣，雖然冷氣直逼人發抖，卻是振奮精神的催發劑，博物館的營運也一樣，若一味閉關自守，或自是自滿，在保持原狀就是落伍的比較下，當然需要一些刺激元素的。

共產制度猶存的國家，藉六十週年館慶舉辦國際學術研討會，除了原蘇聯的朋友外，西方國家也參與盛會，國立歷史博物館千里迢迢來此研討博物館營運相關的問題，在彼此交換經驗，討論不同文化體的不同營運策略，自然有很令人意外的感受，可說是室內暖暖門外冷，心中思慮行動急，有比較就有學習、有競爭，也有障礙，但解決困難，迎接新生，不都是博物館工作最大的挑戰嗎？

就以該館六十週年慶祝晚會而言，這是由他們的文化部主辦，為了文化主動關心博物館活動，在研討會的夜晚，安排很盛大卻實惠的節目，除了文化部官員全程在場表揚館長與員工外，也與各國與會者歡聚一堂，整個過程顯得壯麗而隆重。表演者推陳出新，似幻夢也真，其中如他們以收藏的名畫為人物造型，請真人扮演，並以其內容作為舞臺走步的根據，極似一個時光隧道中的映現，令人眼前一亮，畫境藝境一併出現，使節目更具變化，也活化了藝術創作的機靈。

共產國家的集體意識特別被強調，在各種儀式中，催眠似的受獎，激發人性的潛意識，即千辛萬苦，所為何事，自我的肯定與存在，與馬士洛說人的至高境界是自我實現到無為而作，事實上人都具有被關心被愛的需求，自我實現或無為，都是一項昇華，也是價值判斷的奮鬥歷程。

博物館之所以引人，係由於包括觀眾在內，把自己嵌入歷史的連結，走進藝術品的內在世界，窺視自己的行為，是那麼地與眾共有、與之共用，並且出入自如，在知識、在情感、在理想、也在學習，這是生命體的展現，也是新生活力的泉源。

兩天的研討會，一向板起臉孔的白俄人，在經過熱烈的交流說明之後，臺灣得到更多的友誼，包括了莫斯科、維也納地區，都有意與我們作進一步的合作，更重要的是臺灣的形象與發展活力，使與會者都有深刻的感受，段代表也說，想在較保守的社會展開交流活動，必須鍥而不捨，千里孤光同皓月，只要有赤誠，人總是有心的。

白雪已飄人不冷，街上行人速度加快，彩燈也亮了不少，麥當勞速食店擴展為七家，已有少部分汽車廣告，明斯克是有些前進的腳步了，尤其歌劇場的觀眾是年輕人，表演者也是年輕人，在沒有KTV或其他的娛樂之前，老人家都會給予一份最古雅的教育，因為「似雪楊花吹又散，東風無力將春限」。在初冬降臨前，一個不經意的沉思，都可體悟到刻苦得甘，縱慾必傷的簡單道理。此地博物館等文化設施，其規模之大，設備之多，投入的財力，恐怕不止物質上的擁有，而是精神層面的用心。因為教育是希望，而學生是希望的實現，給予一份資源，共感社會責任，白俄羅斯在藝術教育是這樣的宣示。

夜深曲終，走出劇場，一陣刺骨冷風，颼颼蕭蕭，走在寬闊人少的街道上，有幾分的寂寞，也有不解的鄉愁，儘管只來幾天，卻無法整理出散亂的思維，真有點「長煙落日孤城閉，濁酒一杯家萬里」的心情，昏暗裡，雪花飄過的夜晚，恐怕是冷了。

六

繼昨天的學術研討會，主題是文物維護與古建築整修計畫，這是博物館已列為重點的工作之一，都知道它的重要性，但總是嗲聲嗲氣，沒有實際的行動，或得不到專業技術的支援，或經費的不足，才是研討對策的重點。

小至一張小作品的真偽或保護，大至一個社區，或一個城市，如中美洲的安帝瓜古城、義大利的羅馬競技場等，得到聯合國教科文組織列為世界文化遺產而受保護，其重要理由是它們都是人類經驗智慧的結晶，可供學習、教育之用，更重要的是人類精神得到滿足與連結的生活，就人生意義上，可得到積極而正面的效應。

若以一個國家的文化歷史言，有經久屹立於世的國家遺產，不僅證明該國的立國久遠，也是肯定國家存有的實證，就教育子弟，或文化認同，都是有效學習的對象。因此隻紙片字或殘磚瓦片，都得要用心保護與研究，才能達到預期的效用。

一直以為白俄羅斯深受二次世界大戰的摧毀，又受制於共產社會的顢頇，應該是窮困而茫茫然，但幾天來的接觸，才進一步了解，他們的社會，事實上自認為是南斯拉夫最優秀的民族，有中歐的古文化，以及物產豐富的土地，更有一流的人才，在此不去細數他們的成就，不過從百年前就有地鐵、現在仍有無軌有軌電車、房舍座落之間距觀之，都是泱泱大國之設計，即如市政廣場，名為獨立廣場，他們說比克里姆林宮旁的紅場還大些。街道寬敞，人口有一百七十萬的首都，上班期間，看不到擁擠情況。至於市區內的公共設施、運動場、體育館、遊藝館、馬戲館、音樂館、歌劇院、電影院，可是舉街林立，這樣的國家，物質窮些是因為政客的影響，若有英明的領導人，改變政體，重視民生，必使民眾能力新生，正如他們的大學、藝術學院的人才，都是一流的學習者。以音樂舞蹈為例，日本、大陸負笈此鄉人數超過萬人，而我們有一個學琴的留學生。他們有條件、有機會向世人展現隱藏的實力，不只是蘇聯時代所延續的蘇凱三十一，或飛彈射程。

友善而有效率的國家藝術館館長普科索夫(Vadimir Prokoptson)博士說：我們是超越的，也是有效率的，在文化藝術議題，可相輔相成，也借重我們的經營理念與國際經驗，期能把屬於他們所管轄下的八個博物館分門別類地開發出來。

他看上了位居郊外一百公里處的一幢文藝復興時代的古堡，命名為和平(MIR)古堡，占地夠大，夠古老，被聯合國列為人類重要遺產，正在鳩工復原。它地處一個山城之中，四周有森林圍繞，依稀可見的護城河與人工湖泊，水清映空，飛鳥盤旋，不知是它驚覺人們的目光已移入此堡，還是在歡迎睽違四世紀的舊人情。總之，那大片花園正隨古堡日影而在，類似烏鴉、烏秋，又類似喜鵲的是褐色鳥兒，仍然可翱翔其中。

博物館專家早已勘察再三，想應用它的文化貯存的張力，再有效呈現白俄羅斯的光榮史實，這一公爵家庭建立二、三世紀才完成，而後不知去向，僅有一處青塚向黃昏，在不遠處立碑。是否預知人類將有一百年被共產制度所弭平而隱去身軀，還是他仍然帶著子孫另建家園。不到五百公尺地方，見林木高聳，依稀有一廣大的村落，炊煙裊裊雞犬相聞，從市區來，忽見此境，有置身山林的新鮮。

正在大力整修，從哥德式、巴洛克式到文藝復興時代，考據復舊，實在不是件簡單的工程，建築家、博物館學家的熱心加入，有更多的變易與可能。一整下午，零度的北風颼颼，吹得唇裂手抖，但與會者一股為後代留下一些文化原相的關心，卻談得面紅耳赤。在這個很生疏不近的國家，臺灣人沒有缺席，也受到特別的注目，而我們能幫助什麼呢？

提供了單純化與精緻化的構想，希望保存原型的建築體之外，如何魂歸魄回，在原建築體復原外，自然要有人文性的詮釋，並且應用進步的科技，把展示的動線規劃完善，使觀眾置身其間，有如回到十四世紀的時光，感覺一下當古人的滋味。

立陶宛國家歷史博物館

為了增強此古堡的文化性與張力，學者同意加上季節性的活動安排，學術研討會的舉辦，有組織的向國際傳播等等都是對的，而我則建議免簽證的開放措施，是繁榮經濟的條件，加上與國際社會的良性互動，才是此古堡改立為博物館是否成功的要件。

據說白國有二十幾處古堡，惟此處巨大而保持完整，雖然有一大片城牆鬆垮，仍然有機會恢復舊觀，筆者被贈與半塊文藝復興時代的紅磚，攜回臺北，可作為時代牆、心靈牆的某種象徵，也更將珍惜姐妹館的友情。

夜深獨在古堡內，老窗移入月光輝，幾天的冷洌陰霾，怎奈此時月兒露臉，莫非堡頂有神靈，引回來主人的喜悅，在林梢來回，月照古今同，松間聞風起的愜意與呼喚。堡外有三兩好奇孩童，兜售著此地明信片，怎可錯過，在千里逢人處。

車子沒在黑漆漆的高速道上，思維也隨路面顛簸而起伏，這個國家小心翼翼地想要再展實力，自然有他的為難處，但以歷史的故事作為起點，將是很明智的思考，畢竟沒有多少國家有歷史、有藝術、有詩情，被二次大戰蹂躪，被蘇聯牽絆，但古老的斯拉夫民族的優越，至今依稀可見。

想起今午出發前，有個現代性的現代藝術展，或說是未來性的藝術創作，以本世紀的著名藝術家，寫信給下個世紀畫家，這種意念，令人耳目一新，也深知原生性是未來藝術的發展重點，白俄羅斯的畫家們，如此地有見地，還懷疑他們的優質文明嗎？儘管現在他們的生活有些拮据，但窮而後工，正是這個道理吧！

七

遠離明斯克城，大約有三小時車程的城鎮——維吉普斯(Vitebsk)，是本世紀最偉大的畫家之一，夏卡爾(Marc Chagall)的家鄉。

我們來了，也如夏卡爾夢幻似的思變，以朝聖的心情對待，尋找屬於夏卡爾的風格、他的時代，尤其它在畫面常出現的維吉普斯城市角落。我也思我故鄉，常在午夜夢回驚醒，卻沒能在追憶有所表達，夏卡爾的畫那如泣如訴的血淚，血絲紅眼的滴下幾許紅雨，卻充滿不見也離恨，不思也生愁的現實。

作為偉大的藝術創作者，夏卡爾是有先決的條件的，那是因為猶太人的血統，在二次世界大戰時的處境，使他在幸運存活時，也到了莫斯科學畫，卻開始掛念家鄉維吉普斯鎮的一切。身為長子的他，儘管父母親自小有一個願望，希望他能在成長過程中，朝向高雅的人生邁進，就如音樂中的小提琴，正是他祖父的最愛，常在屋頂上演奏，真是詩意般的家庭。夏卡爾卻不喜歡這項約束，藉著在布簾上、桌巾上塗抹一番，以為自己情緒的抒發，任憑誰也料想不到後來竟是開創繪畫新境的藝術家，而值得記憶的童年，就如此地霧消雲散。在戰後、冷戰結束，亦即蘇聯解體，家鄉才慢慢知道這位曠世藝術巨人的存在，但已來不及了，除了他住的房子，依稀還有他的影像外，全然不知這位畫家的童年過往，就是他藝術創作的元素。

小提琴、蠟燭、油燈、聖經、紫荊花，都是組合畫面的元素，那張小床擠下兄弟二人，全家取暖的壁爐，至今還存在著。很親切，就像自家的擺設一樣，我們的造訪，他的親人，也許是紀念館的工作人員，刻意生活如百年前的景象，實在美好可敬。作為藝術工作者，何其有幸，夏卡爾的魂魄，歸來兮家鄉，如夢牽引兮如常，他是先知者，也是預知者。

這個城市，是他的夢，也是族人的希望，當希特勒的殘暴統治之時，他逃過了浩劫，卻從此陷入了歇斯底里的夢囈，是詩作，也是哲思；探討上帝，問天何許，在百般無奈中，他學會了童語神祕，從上帝的博愛布施找到靈感，不拘小節地刻劃他所關心的人物、小丑般的造型、童稚似的誇張，以及素人畫般的顫抖，加上無能配調色澤，這是夏卡爾的特質，現實以外的世界，也視為家庭的親和，就是人生的終極理想。

如康丁斯基的藍騎士們，奔騰在藝術殿堂已過幾十年，他的祖國——俄羅斯才如大夢初醒，到處給他立碑建館，夏卡爾當然也是如此，生在蘇聯的國度，藝術的八股是不允許有較多的想像，夏卡爾只好在尼斯用畫遙祭他的家鄉。看到他在畫面構成，都是他的童年紅牆碧瓦，有一條相繫的心裡長河，如居家旁水渠般的清澈，導引他的夢，映現著思鄉的親切。

夏卡爾為現實世界敷上一份神祕的色彩，說出人性的祕密，坦誠地醉臥人間，飛舞的天使們，在他筆下活現，圍繞在四周聽福音的是看到摩西的光芒，觀眾在青紫色與鵝黃天邊，迎望著高掛眼前的心靈明月。他的畫是一個原相，人的童真，也是人的理想，透過彩筆詩歌，他吶喊、呻吟與傲笑，人類是多麼的幼稚啊！無知的聚財而不擇手段，無知的權慾，而引發殺戮，這樣的感嘆，謂誰能解，只有畫境一份淡淡哀愁，寄望於另一個世界的寧靜，他在一九八五年逝世前，畫了一張這樣期盼的世界。

他的成就，在西方世界早有定見，尼斯有個最完整的美術館，把夏卡爾生前的願望與畫作，陳列得像戲劇般的有段落、有場景，活生生地展現他的另一世界，在白俄羅斯二十世紀初的民俗音樂旋律帶領下，這位老人似真似幻地走進會場，正如他的畫一樣地既遠卻近，耐人尋味的內容，猶太的精神，在超越與平凡中，精確地滑開步子，隨著人生節奏起舞，有點華爾滋的溫文曲目悠揚在這一人間。

維吉普斯市鎮已開始整理與夏卡爾有關的資源，不為別的，只為世人都敬仰他夢魂中的家鄉，未觸及觀光事業問題，也沒有多大的企圖，正如共產社會一樣，英雄崇拜是最好的動機，所以先有作品，而後有展場，有了展場再說一切了，至少，與他有關的人，都有機會翻身，其中他的老師由篇(Yury Pan)的畫，已存在歷史博物館，導覽員一開始就說他是夏卡爾的老師。說的也是，近浪漫主義的古典寫實，事實上功力十足，也沒有一般賣相的畫作，脫俗高雅，作為夏卡爾的老師，是夏卡爾的光榮。正如明代周臣的成名，是在他的學生唐寅成名後。好在兩位學生並沒有摒棄老師的教導，而共舉成功的大旗，舉世聞名。對於這般的師生情誼，以藝術界來說，該是鳳毛麟角，尤其是繪畫藝壇，口頭說說就很不得了，沒有指責為師的不是而阿諛他人，也就算是上上之人了，哪能覓得曲調合鳴、相濟分明。

又是三小時的回程，明斯克的燈光尚遠。在路途上，看見舉手欲搭便車的路人，也看到懸在天空的明月，接著是微暗的白樺樹葉，挾著不同程度的黃、深黃、青紅、深紅、赭石色彩，似雨般的洒滿一地，有如月光直瀉下來，月的顏色如此嗎？不！在蒼松下，白樺姿容輕巧，是森林少女正隨風起舞呢！嘩嘩然、咻咻然，是小提琴高亢的音律，後有厚實的大提琴曲調，在這十月的北國土地上演奏季節組曲。

望著林間歸鳥，偶有一聲喔啼，知道在枝枝葉葉的明年，又將會是可待的世界。而沒有林木的原野，霜氣凝重，卻不見昨日初雪，但聞竹泉井水聲，呀呀學語故鄉情。

海神媽祖

ARCTICUS
Faro Insulæ
NICUM
D ZEE
MARE BAL
Meklenburg
Holstein
Munster

一

綠波欲滴，了無塵隔。

再度到立陶宛展畫，為文化交流，更可開展國際視窗，對藝術家或行政人員而言，都是一趟學習旅程。猶記冬雪嚴寒的立陶宛，就如蘇聯統治下的茫然，只有噤口不語，哪怕心血直燒。不確定的生活，有如樹間躲藏的鳥雀，除了自我振翼外，又能如何？

十一年了，獨立的國度，凡事都得自己來，卻也溫馨感人，保持著自然的景物，或人為的建設，那已是五十年前的事。好在當下天明，才看得清楚眼前景觀，一切都還清朗，花草依然鮮麗，雲朵飄飄，不知名的飛鳥，簌簌而過，真是無礙無塵，包括心思起落，也忘卻悲鳴。

馳車急駛，一望無際，森林、草原、蒲公英，加上如初雪花絮，鋪滿窗前，一不小心吸進鼻裡，哈啾連連。甘心接納的是大自然的物景流動，有時候駐足片刻，更能體驗。啊！人間尚存有些許新鮮。

物質仍然缺乏，經濟成長蝸行，但已見重力足痕，交錯在城裡鄉間。問及為何不加快腳步？道格拉斯館長回答說，如果你們也被蘇聯統治五十年，就知道立陶宛的各項建設，為何急不得。想想也是，未經過極權又失人性的摧殘，哪知自由民主的可貴。臺灣的同胞，或許也該來此看看。立陶宛雖然物資匱乏，但文化的品味卻在國際水準之上，寧靜的餐會中，音樂悠揚；室外咖啡座，香氣四溢；秩序的維護，成為習慣的禮讓，街道在熙攘中，組合圖形旋律。這一圖景在青翠繁茂的梧桐葉偕伴下，彷彿是巴比崇畫派的優雅。還有說不上的人情善意，誰又能說他們不是高水準的文化傳承。

第一次受邀來此，胡代表就說，這裡是一個頗具發展性的國度，經過文化活動的交流，更清楚他們的信念。在晚晴不明，或倚望夕照之外，人是需要奮進的，獨立建國是第一步，恢復民眾自由生機則需要更多的努力。因此，臺北來的友善，被此地博物館界接受了，幾次的臺灣鄉情展覽，讓立陶宛人驚奇，臺灣真是個寶島，尤其這次又來了海神媽祖的版畫展，林智信的藝術手法，受到廣大的迴響與尊敬。

二

信仰就是力量，媽祖無私的奉獻，濟弱扶傾，不計毀譽，百姓蒼生，一概關心與解困。祂就是這樣流傳在臺灣民間，尤其是沿海居民，或海上漁夫，甚至言之鑿鑿地說曾被救助過，因而相傳相濟，成了信心的象徵。媽祖得道，萬民膜拜。

一千多年來，祂是臺灣民間的聖跡，每逢其誕辰之日，便有各種不同的儀式，不惜巨資投注。儘管有人仍然窮困難度日，但不虔敬再三，又如何起步再行。就是這樣的顛顛簸簸，為了跪拜出巡媽祖，還得沐浴齋戒三天，以示慎重。人啊人啊！畢竟是個很尋常的生靈，本可求個皓月清風心情，怎知私慾纏身，難怪雨旋落花，柳重煙深，不寄託希望又如何！

寶島各地三百多座廟宇供奉著主神媽祖，尚有不計其數的分靈安座，形成了織網似的密度，不管信不信祂的百姓，多會在心上有個留神的空間。尤其不同宗教，為了取信民眾，遇廟便拜，看到媽祖出巡，也有模有樣的跟在其後，叫人看來是有些奇怪的。然而物以類聚，選票可親，還管其他清流濁水，或是欺風瞞月。媽祖真的難為，期待者、失意者，為善為惡均有所求，祂該當如何，才有天理，才有公義？

每年花費足以建個大型博物館，在燒紙焚香祝禱時，媽祖可否託夢一番，要祂的子民都能心存仁厚，積極彰顯善業，以服務代替求拜，以文化感動蒼生，轉換些許資源，來個海神文化什麼的信仰，而不是私為的迷信。

只是一念作為，便可成就大業。看臺北有個行天宮，建圖書館、醫院，很少看到過多的喧嘩，默默造福大眾；在西方有更多的上帝子民，投入文化教育工作，聖母院如此，白教堂也如此，甚至所有的教堂均形成宗教文化。媽祖悲憫，可否賜福祂的信徒，朝向大眾生活品質與信度的提昇，著力在心靈的體悟與知識充實上，那麼智慧的光輝便熠熠閃爍。

三

媽祖果真應靈，布展期間，考納斯城陽光普照，萬里無雲。相對於二天前又是風又是雨的天氣，忽冷忽熱的冬裝夏裳更替，在這六月天，竟然如此的不穩定，雖然滿街的花影樹芽，相映成趣。但碰到這種天氣，只得等到季節的換裝完成，或是尋求一個特別的日子，才會是夜短晝長、太陽露臉時刻。

將一百五十公尺長，高一公尺的巨型版畫，安置在考納斯的國立美術館繪畫部展出，不僅難度大，並且也是版畫創作的首見。這張版畫作者前後花了二十年時間才完成，除了研究媽祖種種神跡外，與祂有關的民間信仰，包括民俗活動、祭天禱地，以及各項慶祝儀式，都成為藝術表現的主題。看了這張畫，等於了解臺灣宗教文化的發展全貌，甚至從中體悟臺灣移民心情的繁複性，同時亦能由此研究臺灣民間社會發展的脈絡。

藝術創作的動力，源於社會生活與發展，沒有生活的真實性，藝術品必然只在形式上的反覆，無法開創新的美學境界。林智信在創作迎神版畫時，忠實反映民間的信仰溫度，其豐沛的原創元素，正是藝術表現傑出的地方。

過去臺灣藝壇，著重在純粹美術的追求，目的是學習歐美新興美術的詮釋，或者在自己的傳統繪畫上，保持某一形式的熟練，較少在大眾的生活上取材，實在是失去藝術創作的契機。正因為創作環境需要加入更具地方特色的元素，忠實反映社會生活，包括新舊兩代的藝術家，都積極在作品上呈現出民族性格與時代精神。因此，林智信的這張巨型版畫，事實上除了表現出他個人的創作美學外，臺灣的文化活力也注入其中，讓立國民眾大開眼界，會場不時詢問，這位海神是否如西方的勞孔或女神可呼風喚雨。當然，神話是無所不能的，解釋媽祖如何救苦救難，加入藝術性的裝飾，媽祖真的飄洋過海，遠渡關山重重，來到立陶宛城市，與民眾共享溫煦。

天氣出奇的好！又逢夏至的長晝短夜，大眾的心情特別亢奮，沒有問明何以人手一花、面帶笑容，趕來參加酒會。擁擠的人群中，包括當地藝術家、學者、國會議員、以及胡代表，相繼致詞，均讚譽文化交流的成功，並為兩國的感情拉近了距離。此時媒體朋友詢問日後是否常有如此盛大的活動？答案是肯定的，相信媽祖也樂於見到宗教文化的交流，是在信仰而不是迷信，是寬廣無際的宣揚善教，而不是居於一隅的熱鬧。我們會繼續交流的運作，以求臺灣文化的全面提昇。

四

仲夏的北歐，是個甦醒清朗的日子。

大地上碧綠衣裳，樹林微展笑靨，迎著覓食歸巢的喜鵲，早熟的艷紅果子在招手，幾個年輕人臥躺在草原上，好一個陽光浴身，清風沁心的景色。說不出話語讚嘆聲，只隨著流動的空氣，迴盪在空靈原野上。

有如花園的居家聚落，此時看得出建屋的人是有心思的。藏舍高崗上的紅瓦白壁，有些是鵝黃色的，在搖曳樹叢間，似煙似夢的綺麗，像極了童年收到的賀年片，是夕陽迎照、眾鳥啾啾的景色。而今置身其間，如何不大口大口地吸一番大地真氣，如何不放心地張開眼睛盡情觀看沒有污染的環境，也沒有白眼相對的行人。看來，只有自己要控制一些才是，要不然，立陶宛的民眾可會翻個臉問個究竟。

這是一條商店街，也是休閒街，連綿近二公里的林蔭座椅，有如巴黎的香榭大道，只是不得行車，任由民眾閒逛或購選物品，或啜飲咖啡。人總是需要先坐下來休息一下，然後才有更大精力往前行。面向窗口，一剎間，街上行人有如服裝秀的伸展臺，來回穿梭走步，連蹣跚老軀都有幾許堅持。在美感的展現下，誰不願意在這仲夏時光，展現一下存在的意義？

立陶宛古堡

冬季包裹著厚厚的大衣，雖然仍然可以看出比例勻稱，但在夏天來到這裡，望去一切似乎都在爭艷競麗，少男少女的健康與美姿，閒情悠悠，有如初綻的花葉，充滿著青春活力。沒有人指指點點，也沒有人訕笑譏諷。這些穿著動人的少女們是安全的，除了增添街上的美景外，像一陣風帶來香氣薰人，醉了一夏。

仲夏節在北歐是被重視的，每個人在這一天，都珍惜最長的白日，可以與人多談談，也有機會多看看這個美麗家園。節慶幾乎是通天不睡，一年只有這一天可以多些良辰浪漫一下，況且在這一天可向天神祈禱，希望美夢成真。

來自臺灣的我們，當然不能免俗，也請媽祖為伴，在這遙遠的異國，雙手合十，期待畫展成功、文化交流熱絡、國內同胞平安愉快。真是個望空遠、待日長，心繫千里故鄉情！

千里孤光同皓月

初訪斯洛法尼亞

一

非夢似夢，未曾來過維也納。清晨六點，天色濛濛亮，從機場走出來，一片白雪皚皚，正愕怔時，群鳥迎面飛來，著實使人嚇一跳，因為趕路，無法停下來看個究竟。

趕往火車站途中，波濤似的鳥兒眼前呀呀，形狀看似烏鴉科類，似烏啾似喜鵲，探問司機說就是烏鴉，但聲調與外形均不像，不能說黑的就是「啊啊」烏鴉的，心裡納悶為何牠們趕個大早。司機又說是從俄羅斯飛來的候鳥，來此避寒，這裡有較溫暖天候！是嗎？此地現在是零下5度C，如何是溫暖呢？莫非北方已近零下20度C，因為幾年前曾在莫斯科遭遇這樣的天氣時，隨後立即搭機到慕尼黑，溫度提升到零下1度C，身上的衣物，恨不得立即取下。鳥兒大概也是如此，感應雪寒之地相權取其暖。都是冰天雪地，鳥能敏銳地選擇棲息地，而人類社會的種種，不也有如此擇地而居的現象，尋求溫暖？

思緒隨著火車的轉輪前進，看到的不僅是窗外冷峻的場景，也是時空累積的刻痕，奧匈帝國的莊嚴，夾在音樂原鄉的歌聲中。奧地利擁有的，除了維也納森林的歌詠外，是戰爭頌的組曲，還是愛情的歌唱。在眼前凝集的現場，是如此的「夢隨風萬里，不恨此花飛盡」，因為廣袤無際的冰雪中，封存在大地的動能，將會在春季甦醒。

這個豐富的國度，看來可從沿途的屋舍探知，儘管寒冬行人依稀，但從建築造型，便可知道，縱橫交織的布置，人不需要整天在外嚷嚷，室內的溫情，在於人我的互動，纖纖細語，互道衷情。更甚者，遠處裊裊煙跡催客往，近鄰朵朵花影可聞香，就是如此的濃稠，如此的風雪，不著意那雪花飄零，卻感悟老幹枝芽兀立在寒盡晨光。

驟冷乍暖，在季節更替中，起伏不定，也是人們該承受的感應，絕對中的相對，與相對中的絕對，將是刺激成長的激素。寒冬的靜默，正待著暑夏的熱情，儲存著飽和的能量，才能抒發無盡才情。歐洲人受這種環境薰陶，不在意人口的多少、土地的大小，所孕育延綿不絕的高度文明、自我成長與繁華，並殖民各地，至今仍然在翻雲覆雨，漫過幾個世紀的人類聲息。

火車帶動著山轉地旋，現在看清楚了，沿著溪流，未結冰的水上，有天鵝悠游，偶爾向白樺樹梢頭張望著一群暫棲樹枝的雲雀，正吱喳著，似乎有所期待。

說實在的，來到這個幾年前才獨立的國家斯洛法尼亞(Slovenia)，是沒有什麼印象的，只納悶它的國家博物館為何要展出達文西的藝術專題，莫非是從那兒來的想法，或某一特定的目的，要不然位居巴爾幹半島的地方，多民族、多國家，為了利益而有血刃相見的事實，至今不是尚在爭論不休嗎？

二

進入邊界後，雖然沿道的山林雪霽依舊，座落山谷平原的房舍，是有點斑駁不整，看來曾是南斯拉夫管轄過的地方，是有些共產的刻記的。好在這個國家，據說是當年提供較多資源的地方，有木材、礦產與稅收，只因本來就處在亞得利亞海的水域，近義大利的文明，又是捷克的左鄰，加上接壤奧地利，真是萬物齊備，人文聚集處，有些財富是應該的，加上人們的文化歷史的條件，國家獨立很快付諸實現。

到達了她的首都盧比亞那(Ljubljana)。從火車站出來，眼前景觀亮麗光鮮，看來有些是不久前才修護的，因為尚有一些不及整理的鷹架、漆桶等物件。沿著街道瀏覽，仍然好奇，在行人道上，看到警告過客的標幟，看來是說小心從屋頂掉下冰雪塊。是的，正在融雪，今天陽光露臉，照耀著整個城市，山坡間已露出一片翠綠，在雪白的肅穆中，看到春天的腳步移動著。

如這個沒見過的古城，在歷史扉頁上徘徊，正尋覓一份裝扮的現實色彩。從十一世紀就已建好的古城堡，屹立在山崗上，斯國人說，是他們祖先在此建立城邦國家的指揮所，也是王侯居住處。看來就是氣宇非凡，雲間飛鳥，牆角穿梭，好個造型典雅、色澤清潤的建築，是遊客、也是大眾視覺的焦點。

我們在山城四周走過一趟，才知道此地故事何其多。從民族遷徙到立國建城，說不盡的文化事跡與現象。古舊道的開發、馬車行道，至今依稀聽到躂躂聲響。那一隻噴火巨龍，正守護著舊橋的兩方，雖然西方人把龍看成是厲害角色，而這隻龍是帶著他們的族人渡水的恩龍，

斯洛伐尼亞古城

如何能不立碑紀念，民藝店火龍造境，成為這個國家的圖騰。

街房滿是新藝術的痕跡，如同西歐的建築形式，房舍畫棟雕紋有如童話般的裝飾，這是十九世紀末的流行，更是富有的象徵。在誇大與強調藝術功能時，建築家是隨著都市的繁榮蜂湧而至的。這個城邑有如此的藝術造景，便可想像它的過去風情，沒有富有，哪有心情關心到建築的生活藝術。

即便是當下的生活布局，傳統市場的整潔乾淨，或行人道的通暢美觀，像極了布拉格的街景，也有威尼斯的風貌，因為商店布置簡潔而富創意，服裝設計與玻璃水晶，與西歐國家不分軒輊，而且物美價廉，可能不同的是此地民眾更具簡樸的精神，更接近童叟無欺的文化性。

新的市區，科技化的應用，使便利的物質，朝向人性的講究，如污染管制、庭園布置、季節慶典，都在人們活動中呈現，剛過完耶誕節的痕跡處處，看來有信仰的國家，是如何崇尚自然與人間的共契，有花圃一列，土鬆色濃，不必問訊花期，可是年年舊時的等待，更可明確知道來春芳影新如浴，好個充滿朝氣薰薰然的景觀。

都會的建設依山傍水，除了古市區尚有護城河岸的建築外，空朗雅緻在於時間的累積中，增添了歲月蒼茫的文化面相，紳士風度對待著的城貌，是這個城市的妝點。

三

她曾是神聖羅馬古國的屬地，保有西歐文明的各類文化，除了居家造景外，便是人性的光輝，在多元族群的生活中，學習如何共感共存。雖然有很大的爭戰，但城貌依舊，人情馥郁，絲毫不著寒酸與暴戾。有的只是進步中的喜悅和求生的熱情，卻沒有西歐大都會的現實與疑惑，誠懇相待，不只於人際間的關係，也旁及物我的互動。

看到藝品店的包裝，不經意看到店主人，反覆拆包，最後用了葦草為繩，以配合陶瓷藝品的屬性，問何以故，說物性即我心，已不悅人何喜，面對這樣的關心，豈有不被感動之理，此時還價否？已不是交易的重點了。

越過角落，有一座近二世紀的噴泉藝術造景，看來是花崗石雕刻品，四周除了高聳的碑體外，都用玻璃罩保護，初以為是怕遊客或觀眾破壞，後來才知道是因為冬天風雪，溫度驟降，恐怕有損藝術品，所以罩住保護，這種景象，在巴黎曾經看過，在日本也有以麻織品為雕像保暖的，事實上這是高度文明人的做法，也表現了這個國家的文化品味與水準。

承繼希臘文化、羅馬文化、以及後起的斯拉夫、德國文化，這個地區的富有，屬於文化層，精神甚於物質的供需，當然這樣的說法與特點，並不表示這個新獨立的國家物質缺乏，而是他們追求精神生活融於藝術文化的素養上，物質的擁有除了基本生存的需求，精緻的文化生活，如音樂、繪畫、歌劇、電影等等刻劃人性尊嚴、與啟發人類智慧的創作，可說處處可見，即便是風煙雲影，或枯枝老橋，以及水渠亭榭，真是個「連理枝頭儂與汝，千花百草從渠許」的寄情。

仍然是有神論者，教堂的興建與古堡的存在，幾乎有同樣的歷史。教堂的外觀依舊古樸莊嚴，堂內供奉的瑪麗亞聖母像，雕刻技法合乎神性與人

大教堂廣場

性的美學呈現，顯得合乎希臘風格的等人比例，可以說是完善的藝術品，使進入教堂的信徒或遊客都有一種視覺美感的享受。教堂的文化體，自然匯聚了更積極的人文精神，它是當代以文化信仰作為人類社會性行為的感度；古堡則是歐洲文明的重要建築體，古舊山頂的這一座，作為本地的歷史文物館，以博物館的張力，傳訊古代文明，抒發更為有趣的故事。登高望遠，盧比亞那城的紅瓦灰牆，由於白雪的襯托，色澤之豐富，在自然清爽、和諧的對比下，更覺彩度明亮，而且感人。尤其遠眺阿爾卑斯山的積雪，有如白了頭的巨龍，山腳下的翠松間有房舍，淺藍色的山嵐流動，不僅具備繪畫美的層次，也反映出山情之所以被喜愛，必在物象的人文寄情上，可以類比凸顯它的特性。

而郊外的岩洞古堡，則被聯合國列為人類文化財加以保護。趕往一探究竟，卻因天色已晚，只得在城堡外徘徊，但依稀資料印證，這個古堡可能是古代一處貴族隱居之地，而今卻是絕無僅有的依山岩取洞的城堡，此項工程將是人類社會化過程中的創見，值得再三品評。

初訪這個新獨立的國家，也參觀其首都，深覺既生疏且好奇。從街道上看到了來往行人是如此的雍容自信，街景高雅流暢，而且博物館、古建築之多，不勝枚舉，左看右想，都懷疑這裡曾是共產國家所統治過的嗎？會不會是弄錯地名！正巧遇見斯國漢學家——卡加教授，請教原因何在，他表示這個國家是一個統一的民族，早期除了羅馬帝國之屬外，是奧匈帝國的地方，在近世紀以來，因靠近義大利半島，正好隔著義大利與法國的尼斯遙遙相對，因此有很多法國人、義大利人居住在此，所以人文薈萃，加上有天然良港與教育普及，事實上，斯國在經濟、文化上與西歐國家相當，半世紀受到南斯拉夫的統治，卻不受共產制度的太多影響。冷戰結束，在生活差距拉大時，獨立阻力，只有十天的對峙，就成立斯洛法尼亞國。有這樣的情況與條件，人們生活在安全且富有的環境中，自然給人一種和善的感受，不會使人想起在共產黨統治過的國家，那份急躁不安的氣氛，或說是信步坦蕩可觀景，何怯平地起煙塵。

四

這個新獨立的國家，活力十足，使人欽慕。是千載悠悠人閑靜、山澗潺潺水有聲的風景，氣候宜人，物產豐富，優秀民族聚合在此，全國四百萬人口，生活在比臺灣略大的土地上，寬闊舒坦的面相，自然悠閒、安詳，而且自信、開展，有如飄過眼前的水氣。在陽春白雪的山坳裡，昇起縷縷藍帶狀山嵐，透明中看到大地的呼吸，沒有障礙，亦如水中群魚，迴游自如。

沒有過多的觀光客，至少不刻意去招攬客人，以免影響自己的生活品質，但精緻的觀光旅館，則應有盡有，相關的文化設施，軟硬體具備，與世界第一流富有國家並無不同。唯一不同的是速度放慢，人情濃郁，在街巷相遇的民眾，頷首點頭，互道早晚，直覺到人的存在，在這裡是很有份量的。

行程匆匆，未能探訪農舍郊野，路過山林水溪邊時，除了成群結伴的禽鳥外，相隔有致的居家，間色的彩度，映入眼簾，恰似童年夢境，門庭厚雪人跡少，煙囪吐煙和天情，是自然與人之間，和諧共處的謙讓。

一處鐘乳石洞Tama的地方，是全世界最壯觀的天然雕刻奇景之一，據說中國大陸西南地尚未開發，澳洲有一處垂直深入一千公尺之內，但並沒有此處平坦婉柔。當然，隨著導覽人員搭運客軌道車進入，初以為只是像遊樂場繞上一大圈，雖然沿路已令人目不暇給，原本不以為意的自然景觀，看看就算的筆者，竟然會在這個場景上，感嘆自然神靈的偉大，除了以鬼斧神工來形容它的身影與哲思造境外，就是驚呼它的神奇。

等待下車步行，約莫四十個人的旅行團，分成三個小組，以不同的語言介紹，而聲音小到得使人聽不清楚的程度，因為在入洞前導覽員就說，為了讓這些鐘乳石能夠繼續成長，聲光的干擾也得減少，使在參觀的當兒，處處神祕處處驚豔。

從百座千座的乳石雕，以及上下深谷中的石乳積岩的造景，不知該說這些是神像或石人，總在坐、立、臥、睡之間，可隨意聯想到佛陀、耶穌、聖者、觀音或是達摩、土地公，當然對每個不同國家的人來說，於這些鐘乳石之上，一定有不同的寄情。只有薄如絲布的、下垂如澆膏糖的千層派，或是如石鑽的天柱等，是人類所共感的形象。無法形容它的曲折多變，確實感受到一股自然的生命還在運作，誠如洞中有一種兩棲魚類，像娃娃魚又像小蜥蜴，卻經年生活在黑暗中，緩緩地吐納了宇宙間的生息。

幾乎是驚鴻一瞥，走出洞口前，還聽到洞谷水聲淅瀝，一泓清水流過的是歲月，是神靈。在異域想到我們的家鄉，若有如此奇景，不知情狀將會怎麼樣？因為前腳未踏出洞口，後面一片漆黑，而且售票口早也大門深鎖，空無一人的感覺是很真切的，導覽員在交代一年只有六千人的參觀者已嫌過多後，便沒入不知何處的鄉野中。

與自然共處，生怕干擾彼此的國家，不知當年何以併入共產世界，而在一九九一年獨立時，是否「零落成泥碾作塵，只有香如故」，香在自然，香在人情，也香在人文精神，何如斯洛法尼亞的人民如此清淡深遠，在阿爾卑斯山麓之旁，情同千里孤光同皓月的冥想。

里加、塔圖

ARCTICUS
aro Insulæ
RE
NICUM
DZEE
MARE BALT
Mecklenburg
Strand
Kurbar
Munster

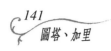

一、里加之窗

夜間西行，除了飛機跑道有閃爍的燈光外，就只剩下星星在遠空眨眼。雖然地面上或有一些流光，但大致上都是漆黑一片。好個黑壓壓的沉重，使白天的喧嘩與浮躁平靜了，也停止炫目的蠕動，在可知覺的感官裡，它至少是較統一而平塗式的著色。深暗的好像畫面上底層主調，是力量安置的地方。

這次的目的地，不是熟悉的城鎮，也不是文化氣息濃郁的巴黎，更不是金融中心的法蘭克福，而是一直被稱為波羅的海三小國的拉脫維亞首都——里加(Riga)。這個城邑有過滄桑的歷史，也有過繁華的歲月，雖然曾經來過一次，卻未曾有較深層的認識，尤其去年到此作客，正逢細雨霏霏，緯度偏高的地方，濕漉的不適可想而知了。縱使看過他們藝術文化的體現，包括了傳統或稱為學院派、古典戲劇、芭蕾舞蹈、或現代性的歌曲，都令人印象美好，感動再三。而這種幽雅的人文生活，反映在生活上的城市性格，也是彬彬有禮、態度從容；說得誇張一點，此地的人們，似乎並不在意經濟的不景氣，卻如幻夢中的飄逸，或說人間柴米七件事算什麼，歷史的富庶，曾有過的奢華，已足夠在回憶中滿足了，何必管到現實的掙扎。

就是這樣，拉國的民眾，不改傳統中的文氣，在街道已擁擠不堪的地方，仍然騰出幾處空曠處，或花圃植玫瑰，或豎立有故事的碑文，映入眼簾的，有歷史、有現實，人們穿梭其間，經過幾代前的幾代，似乎只在乎人文傳遞，並不在意過往人群，雖然生機就在這種有無之間，與生滅更替時顯現。看過拉國街景的人，都會感受到一股濃厚人情在消長，儘管她在歷史洪流的邊緣上，仍然有可歌可泣的事蹟在流傳著。王國城邦的古堡依然屹立，禦敵工事堅固恆常，大概有千年以上吧！今天雖然成了博物館的基架，但那股幽幽古意卻迷漫在巷道的走廊上，因為陽光直射引來的光彩，是長年累積的結晶體，是不變的訪客，只要有人注意著她，那五彩繽紛必然迎面而來。

最近的事，是本世紀的夢魘，說是來解放的，是共產共有，然而並不是那一回事，比之極權的國度還難度日的蘇聯，竟然也在此肆虐，希圖把拉國變造成為唯物的計量，如此這般。但具有城邦文明的地方，有森林王子的理想，有百鳥依偎的公主，是夢與藝術的原屬地，怎麼說也無法改變她的氣質，如春花吐蕊的芬芳。於是人性低層的敏感，促發這群高幹的覺醒，先來此看看或渡假什麼的，也在此開始建立了一些權威統治的烙痕。

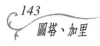

蘇聯的考量，里加到底是他強奪來的對外窗戶，也是貨物的吞吐港，作為共產國家，仍然要有生活的必需品，於是萬事莫如科技急，以電信工業，以及貨物轉運港的商機，可想而知是在經濟上的措施，遠過於學術的提倡；然而有歷史的城市，必有豐沛的文化資源。所謂的文化，就是各種事物文明的結果，也是生活選擇的經驗。拉國民眾，雖然受過諸多國家的統治，瑞典、波蘭、蘇聯相繼入侵時，這原是寧靜的城市，一再受到戰爭的摧毀，或受到無理的搜刮；但那矗立在前的教堂，如聖彼得教堂，還是路德派教會的開宗建築。路德曾見證，人們可以和上帝直接傾訴，那麼，信眾就知民主自由的意義。只是在沒有溝通清楚之前，由於物產豐饒，海岸良港，作為首邑的里加城，就有被蹂躪時候。

至今，傷痕累累的教堂外，古城堡的傾斜，古街的整修，都是爭戰與歲月無情交加的結果。能修的，或能留下的，必有它的特別機緣，尤其它存在的價值，也必有感人的事蹟，或具有教育的特別意義。如現在國家歷史博物館古城堡，說是十二世紀時的城邦的防禦工事，建體堅固，高眺而望遠，對於地勢也有特殊的造境，在層層相銜的巨大石室上，看起來有阻擋巨大力量的態勢；而更多的教堂，是在信仰力量的匯集下，履仆履起，雖然有部分重修時有些走樣，但在文化的呈現上，卻是很感人的工程。

走過街道，有很多修建的房舍，初不以為意，等待走進細瞧，才明白這個北方民族的用心，從幾百年前的文獻保存，如手繪建築體、或位置方向，到百年前的黑白攝影、以及本世紀的精細資料，保存完整而清楚，對於文物的重視，原在幾世紀前，就如此周到。怪不得一年前到此作客時，看到怪手、懸臂式工程用具布滿街道，而今顯然已減少，卻看到古雅合時的哥德式建築物，或是北歐風格的寬敞房舍，即使是傳統市場連棟的廠房，都叫人望之而發思古幽情。在海岸旁，以為在整修一間都鐸式的廳舍，磚牆木屋頂的結構，很接近人性的住屋，當然要費心一番；哪曉得它原來已消失了近百年了，只是在古地誌有紀錄是幾百年前的商社，並繪有原設計的圖樣，因為文化體的考量，計畫如何恢復過去的原貌，於是政府糾資重建。胡代表說，不僅如此，過去的劇院或有紀念性質的建築物，這幾年都紛紛整修，其重視文化品相的精神，值得效法。看了這些措施，很難想像他們在經濟未恢復前，就投資在這些城市的面相整理，必有生活與社會發展的考量，一則是民族的信心，他們其來有自，藉這些前人的建設體，使年輕人記得自己祖先的奮勵；再則是吸引觀光客，或對世人宣示，他們是很有歷史的國家，可來此一遊，一方面以無煙囪工業增產，一方面帶動商業生機，這是一舉兩得的工作，何樂不為。

的確，原是蘇聯時代的北歐對外窗口，又曾是瑞典的第一大城的里加，在拉脫維亞人來說，不如自己一磚一瓦的重建。幾年來的努力，飯店已趨國際水準，雖然經營者仍然還有外資進場，但這是兩相互利的方法，而商店也開始琳瑯滿目，過去共產式的經營，經過一年的改變，已設有大型購物中心，與世界大都會的營運不相上下。看到他們的商品名牌，也有很多的感觸，在一個開發中的國家，它終究是學習國際社會的開端。而我們的臺灣，列入「開發中」已好多年了，還一樣是如此地等待別人的名牌嗎？

加　里

想起的事很多，就建築物安置與整修，在這個較未開發的地方，都知道恢復舊貌，是重建民族信心的開始，也知道它具有文化傳承與吸引觀光客的意義，而我們天天喊本土化，但行動呢？若是不得擅自建築是對的，那麼處處可見的鐵皮屋是不該有的，然而君不見它好像是被允許的。另一個感想是，我們說要提倡正當娛樂，也要勇敢的走出來，並大聲歌唱，卻無意中，增加很暢旺的KTV，不知它真的可以提昇生活品質嗎？還是常發現起火發飆的危機，也算正常？里加的街道，只有畫廊、音樂廳與電影院，櫛比鱗次，有古典的、有現代的，還有前衛的。據說此地畫家很多，因此畫價不貴，醫生不少，醫術競爭，教授也多，待遇並不好，原因是在被統治時，是不能學習政治、經濟與社會學科的。加上傳承了古典美學的實踐，何來一些過於感官的即興節目呢？

古典之美在於秩序與規律，也在人性適度的表現與約束，更重要的是生活經驗與社會現實的調適，包括在歷史的文化表現。國際間有文化表現的地方，就有博物館的設立。通常的說法，博物館設置的長久與數量，必與國家開發的程度成正比，其事例不必列舉，就可從歐美先進國家求得證據。因此，拉脫維亞就里加一市的博物館，在一百五十幾處古蹟所組成的戶外博物館群，或稱為生活重心的生態博物館所具的文化張力，便可明瞭拉國人民在文化上的呈現性格；儘管在列強連續的侵擾之下，有關民族自尊與人性價值，都保留在博物館裡，在經濟未及復甦時，二百年前就已在該項工作有過很輝煌的事業，對於該國的人文精神的保存與發揚，是功不可沒的。它使人們知其然，也知其所以然時，大眾的生活價值就有所肯定了。

作為文化工作者，所敏感的事，並不在於物質的適意，而是在於精神衍生的力量的觀察。看到歷史博物館典藏的豐富，以及細心呵護的心思，拉脫維亞民族的眼光與堅忍，雖不至於逆來順受，但地理環境的優越，與民族性的自覺，在陳列的古文物中可以展現的生活器皿、文獻紀錄，任誰見之為之驚嘆，其功效在民族生存與教育中，永續鮮活。

三月春雪融化未，杏李桃花探頭來，流過里加的道格瓦河，正默默地帶著已凍結一冬的冰塊前行。河水的流聲伴著早春鳴喔的雁鴨，且沉且浮地游入河中輕起的漣漪，不知是心情還是聯想，在此看到的總有一些人生價值的感悟。在匆匆走出拉脫維亞大學的莘莘學子身影上，看到這個飽經戰亂爭奪的國家，是不畏寒冷的長久，也沒有多餘的煩躁，當他們決定自主的時候，正是春夏交替、花語花香，輕哼著有森林、有蒲公英相濟的「生之頌」組曲，飄散在冰河上鑿洞釣魚的人們身上，有種自在的得意。

二、塔圖文采

帶著臺灣鄉情——水墨畫展，到愛沙尼亞的塔圖市(Tartu)來，有一股濃濃的人情味，也有異國文化的品評。但總是令人想到文化互動的重要。

第二次來此訪問，顯得不若首次接觸的陌生，至少在與愛國的國家歷史博物館結為姐妹館之後，實質的工作總得繼續加強，將臺灣水墨畫作介紹給此地的大眾，其意義不止於文化的交流，更重要的是兩國人民的交往，會因文化活動，而能增進更多感情，可促發更為旺盛的國際社會的活力，與生命價值的意義。

此地的歷史學家，都確信塔圖是西方世界的中心，並有一首民謠敘述它的邊緣是在中國蒙古交接處，這種想法很新鮮，卻也有他們的考古根據，其中從人類學、考古學等都有一套充分的理由，令人聽之有趣。這是民族存續的根源，也是激發民眾上進的心思，可樂觀其成。因為，重要的是現實的完善與生活的幸福。

於一九八八年才獨立的愛沙尼亞，顯然在過去的歲月裡是個日出而作、日入而息的農耕民族，也可能是生性溫順，善於適應環境的民族，並沒有很明顯的國家意識，有時候是俄羅斯人入主，有時則是德國人據領。雖然他們已有數千年的古文明，也有自己的文字語言，就是因為環境適當，物產可植，平疇沃野的條件，當然很容易被相中了；因此，在此作客，不宜對俄人與德人有過多的數落，他們的後裔會變臉的。

有了這層關係，看到此地的居家生活，或科技應用，事實上很接近上述兩國；然而與北歐密切往來的國度，則是芬蘭與瑞典，他們糾葛的複雜歷史，不是一言可盡，倒是目前的經濟體與生活形式，卻受這二個國家的影響，芬蘭人掌握金融，瑞典人傳授科技。而聞名遐邇的北歐傢俱，在此處處可見，既摩登又新潮，品質高雅而價廉，與運到臺灣的成品相較之下，真想裝一貨櫃回臺灣分享朋友。換言之，木材是他們主要生產品，作為家居的物品，以木為主調，就可明白他們的創意環境。

塔圖市區有十餘萬人口，附近鄰縣亦多文化居處，然都以這個城市為中心，因為塔圖是一個大學城與古文化城鎮，除了各類型大學外，博物館就有十個之多，分別在古代、現代的文化工作上，作深入的研討。觸及古蹟時，則數不清它的數目，博物館人員說，重修、發掘、維護正在開始。說的也是，去年來此時，看到很多被圍籬圈圍的房舍，而今已清理修護，市容煥然可親，似乎也看到塔圖過去的市容與市民的榮耀，正在擴大的是價值傳承的信念，一點一滴中，匯集為海，並就此生輝。

博物館人員都是敏感的，他們知道如何介紹他們的家園，如何使處於亞熱帶的我們，能夠了解他們更多的歷史文化。譬如說：何處有古蹟，何處有文明，尤其在西方世界不可或缺的教堂，都是想讓我們知道的重點。或說自己是路德教派的後代，在教堂的陳設上，就很務實，民眾可直接與上帝交流互動，不必要有過多的繁瑣，在幾世紀前的教堂裡，看到簡樸真切的裝置，才想起來宗教也可以在簡約生活中印證，使它成為普羅大眾的信仰。

或許平日生活的景象，就是文化體的表現。在鄉間看似無人，至少人煙不多的地方，竟然保留著幾世紀前的溫馨，卻又覺得他們的生活很現代而典雅；在居家或飯店裡，既有古文物，又有新產品，增減之間，恰到好處，使人置身其中，有些時光倒流，卻又有些喻今為古的真情，這種最古的就是最新的文明再生觀念，在愛國的民眾，比之我們，可能更具心得與獨到了。為何他們一紙一畫在尋常百姓家就能存下來，而我們百姓家都留下些什麼呢？儘管祖先們早有溫故知新的訓勉，事實上，我們是否有些急功好利的現

光風圖塔

實，而忘了源遠流長的意義？

幾乎是白茫茫一片，雪山、雪樹、雪屋、雪湖、雪路、雪片翩翩，使人感覺很慘白，與之在電視看到的雪景悠然的景象，大有出入；尤其為止滑，馬路上的沙泥和雪泥，加上雪水的流竄，真叫人為之卻步。去年是初夏來此，雖然有寒冷，還覺得為何不勤勞些的塔圖人，原來是受到天寒地凍的牽制，若沒有特別的企圖或生命的威脅，誰願意在這種冰凍的環境工作？誰又不願意躲在溫暖的家園裡？

為避開這種氣候，愛國民眾是很有自制能力的，其中生存需要的頭腦，便在塔圖大學滋長。「從早期瑞典人來此建立大學，以及德國人、蘇聯人都以此大學為基點，教育此地民眾及培養各類人才，使他們能為祖國所用，並影響到全體民眾。」這裡所指的祖國，當然是統治者，因為有忠心的頭腦，才能駕御行動，任何一個統治者都有共同的想法。以塔圖大學為教育中心，甚至是最高學府，各階段的統治者都投入了大量的金錢與人力，至今尚存在大學內的研究機構，或在塔圖教堂改置的博物館，仍然可以看到他們努力的結果，其中最明確是蘇聯在二十年前尚有此類的投資，在科技設備上，真令人感佩。博物館人員說：當時此地的民眾樂於接受這樣的觀念，亦即他們學習德國人的強勢，加上俄羅斯人的科學，必然可增強愛沙尼亞人的優質。在這種情況下，人才輩出，名傳千里，來此就學者，就不限愛國人了，鄰近國家也都聞風而至，其校譽可想而知。當下該國政要、文化教育等各類人才，幾乎都出身於此，怪不得博物館人員一定要訪客到校園走走，以為彼此談話的開始。

說到博物館，就引起我們的興趣。從博物館的營運方式與張力，也能看到該國社會發展的狀況。獨立不久的愛沙尼亞，在波羅的海中，應該算是很進步的社會形態，在極權統治下固然受制於人，卻也得到一種資源分配，至少在博物館裡，仍然可以看見這些文物存留與建設過的痕跡，及在維護古文明上的努力。事實上，塔圖是受到不少關注的；但既然選擇自主當家，也得付出心血，才能將國家與社會重新開發。而博物館的功能，剛好是教育大眾的文化資源，也是全方位的學習場所，因此，文化學者與教育學家，與國際博物館同步，整理、保存、展示、研究都列為當前的重要工作，並且積極參與各項相關活動；尤其國際學術會議，也是該國博物館界所重視的中心工作，儘管經費不足，在點滴經營之下，成溪成河而入海的壯闊，是可以預期的。

這次在塔圖國立歷史博物館展覽「臺灣鄉情水墨畫展」，就是兩國文化交流的具體表現。對此地的民眾來說，這項展覽是新鮮有趣的，也是東方國家展現其美學形式的首次，對於他們的記載歷史，也有某些實質意義，因為他們的印象中，中華民國是可以理解的東方文明象徵，而臺灣的活力所散發的力量，正可在這個展覽上呈現。

開幕典禮上，普拉特館長很詳細地介紹臺灣，以及我們結交姐妹館的始末，並提及臺北所舉辦的「館長論壇」會議的精心籌劃，借鏡臺灣博物館的營運經驗，以作為該國社會發展的力量。事實上，臺灣水墨畫來自當前的中青輩畫家，受到現實主義的影響，也廣納國際訊息，在傳統文化的詮釋上，別具時代的意義，從他們以貴賓式的熱烈的接待，與媒體爭相詢問下，便可感受到這一個展覽的文化意義。雖然兩地溫差極大，畫作不若臺北的平順，但觀眾看到展現在會場的創作，以及所代表的國旗，一陣興奮之情，使工作同仁的疲勞頓時消失；惟一不足者，胡代表的未能親自出席，不能與塔圖市文化局長卡列夫・林達爾(Kalev Lindal)相會，略有些遺憾，但不論是何種形式的交流，在文化互動上，它將是歷史的見證。

當然，深夜想起，此次的活動，有諸多的難題，在解決困難之後，所得到的經驗，將是一份珍貴的紀錄。正如冰雪封住的街道，開始融雪時的泥濘不堪，並沒有造成路阻山隔，一切順當，和溫煦陽光露臉一樣。明天就春天了，館員克麗斯汀如此說，到四月初，樹葉鮮麗，百花吐蕊，草地的蒲公英也將黃白一片。

說真的，僅僅兩三天，竟然有巨大的心靈感受，不知是真是幻，心中浮現一縷情懷，記下此次遠行片斷：

冰雪覆蓋下
沉睡在千萬日子裡
沒有計量的是
歷史苦痛
現在清淡

×××

無花果是哲人的必然
寧靜是波濤的開始
上升的溫度不是水漬
而是大地的吶喊
或是呼喚的切切

×××

一些可整理的
給予年輕人
只有清理積厚的塵埃
才能重現明鏡的非有
默默地看著那古堡的人影

機場風光

ARCTICUS
Faro Insulæ
NICUM
D ZEE
MARE BALT
WESTRO
GOTHIA
Rugia
Mecklenburg
Brande

一

在候機室等待的時刻，總是有很多的感想，有些是杞人憂天，有些則很實際。

出國的機場，是習慣中的習慣，沒有很特別的想法，它是自己的國家，總不會說它有何不妥處，只是會在自我解嘲中，哼哈過去，雖然心裡總懸著一份關心，還是如此這般不具批評。

但是，敏感的人都會在一路的轉機時，看到別的國家的機場，是那麼擁擠忙碌，而且遊客川流不息，連深夜仍然燈火通明，候機室的商機強勁，再看看室外的飛機起落，有如搶購商品般排隊的景象，機種繁多，代表著不同國家的交流互動，又想起我們的機場，好像沒有很多飛機來此停駐，內心上就有些許的惶恐。

或許我們的航空業務還繼續發展，或許還有需要建更新穎的航空站，但不明如我，總是期待有更多的機種來此進駐，把臺北當成轉運站也好，或來臺北作客一番。而這些想法，是否與國家總體發展有關？

看到阿姆斯特丹的機場，也常在法蘭克福機場暫停，從來未及計算人群湧現，究竟是商機無限，還是文化引人，竟然連孩童看到那麼多人來去匆匆，都會喊叫幾聲，啊！這是否是天堂，人怎會如此多？

二

應該是東方人。看來不是日本人，也不是韓國人，大陸同胞也不像，可是會講華語，卻不是臺灣人，仔細聽聽，才知道他們是新加坡人。

不知怎地，就自然的聊起來了，問何以來此，說是要到漢諾威參加一項電腦相關的科技展。看他們的神采，信心十足，有年輕人的朝氣，又具國際性格的瀟脫，只是華語不夠流暢；卻說他們國家為了更廣更闊，華語與英文並重，好像告訴我，國際語言的重要。說的也是，文化是隨著社會的進步而產生的，關於這一點不能不佩服。

談及文化，就觸及生活的重心，問之新加坡文化何以代表，說是多元文化的匯集，好像很好的答案。但再論哪一品牌哪一種類時，則支吾其詞，也不好說是否就是虎標萬金油。其中有一媒體朋友說，新加坡正在這方面努力，包括科技的、文化的，以及現代的，我們當然依其想法。只是再說到漢諾威曾是包浩斯運動，並之於現代生活的重要時，他們才恍然大悟，原來文化的特點，在於自生力的營造。

他們之中，有人到過臺灣，說臺北人多熱情，說的也是，有人的地方，必有可感之處，也才是適合人住的地方，他們說臺北有更道地的中華文明，包括漢字與文物品、人性與倫理，前者很明確，後者卻不是常住戶也可以感覺出來的，而是外人的感受較深，我們可思考它的真實性。

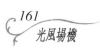

倒是提及臺灣的電腦事業，以及普遍的教育程度，是他們想要了解的。事實上想要詳細給他們一些資訊，也來不及說清，只問他們最深刻的印象是什麼，他們說是臺灣的議會打架，是在媒體看到的，這些情況新加坡不可能有，當然不僅新加坡，世界各民主國家也不容易看到。他們也說臺灣的小吃美極了，還勸同行者，別忘記下次到臺灣時，一定多吃些小吃。還有呢？答說不知道，只希望有機會再來臺灣。

是的，文化的品類呢？是藝術、是生活、還是秩序？都有可能，這是可以給我們一些啟示的，倘若我們都做些表面的熱鬧，沒有從文化本質著手，就像瓶花一樣的脆弱，不及樹林的有益於人類。或許吧！臺灣的教育品質、生活水準、社會發展等，可能造成文化體的措施，正等待有人去經營。

三

等待轉機，是個無聊也無趣的事。因為沒有自主的行程運作，也不知能否順暢，只能眼巴巴看著時間的移動，或偶爾想到時間不是生命嗎，如何可以這樣讓生命在無意中消散。

於是看看過往的人種吧！這是唯一可以和上帝問的時刻，怎麼說也要質問一番，為何上帝如此地深沉，把人種著上如此不同的膚色，又賦予他們各自不同的資質，說不清的是又使多種的膚色，分別生活在貧脊、或富饒的土地，不知為什麼上帝有這樣的心思安排。

莫非人類真的有原罪，還是生物中競爭的必然。總令人不解的是有些人輕而易舉的富有，在出生時刻就不曾辛苦過，而且一生榮華富貴；有些人則不知如何說起，掙扎、苦痛，垂死威脅永遠相隨，卻不知呻吟與吶喊。哦！大概沒有用的，因為上帝好像要他們形影的殘破，來襯托富有人種的尊貴，果是如此，那真是要向上帝示威了。

看到白種人，悠悠地含著雪茄，穿著寬鬆自在的時裝，有序地往前走著；身旁還跟著人在閒談著；有黃種人在歐洲的機場上，猛看著啪啪作響的看板，好像在轉機的時刻計量，可能要趕著開會的；黑種人呢！有些是大步跳躍式的步伐，有些是坐在休息椅上，看來無神地眨眼，不知是否也在想上帝，為何他們一定要住在非洲。還有有些灰濛濛的人種，不知歸屬地在哪裡？看來也有不一樣的感受，神色不定，像是在尋求一份目的地的確定行程。都不一樣，語言也有別，高低矮胖不確，真是苦惱啊！想與之如家人的交談與關心，卻都只能靜靜地在心裡翻騰著。只有一種娃兒哭聲較為一致，上帝大概忘了將他們的發聲，也與人種相隔，因此，我們讚美祂，跟隨祂。

就這麼簡單，候機室又擁上一群遊客，聽來有些耳熟，回頭一看，啊哈一聲，原來是臺胞遊歐將歸，腳步很甸重，因為行囊滿滿。

四

人都有孩童心情，卻在自我嘲笑一番時，又數著飛機的起落，也分辨機種機型的不同，如孩子般的興奮不已。

起先只是好玩，看到不同標誌，不同國別，有不同的屬性，就當成卡通式的變幻無窮。但看久了，卻也看出一些不同的感想。

好比我們的中正機場，二十幾年前是嶄新的設備，而今已有些疲憊身影。尤其機種好像沒有增強，除了國內機群有所增加外，以前常見的航空機種，卻不知怎的不見了，這種感覺可能是因為常在香港、泰國機場轉機時發現的，因為那些久違的機型機種，可以在這些地方重現。

只是有如此發現，卻在心中不免有些納悶，難道臺灣的產業與商機出現變化，人來人往不經臺北，還是肥水不落外人田，自己的機場自己飛，否則，在別國機場的滿坑滿谷人潮，怎麼忘記來臺灣遨遊一番。自忖或許臺灣的文化體、經濟體有了停滯，否則人潮是隨著商機與文化而來的。想著想著，又數起飛機在排隊中的起落，有否國內機群。

說實在的，每當在巴黎、紐約、芝加哥、阿姆斯特丹、法蘭克福轉機時，就想起古巴機場、白俄羅斯的明斯克機場，以及邊遠地區的飛機起落，也因為這樣才不至於對國內機場有所在意，因為那些安靜駐機處，連海關人員都常在哈欠中完成工作，有一班沒一班的飛機載客，著實令人心慌。因此，國家發展、社會開放程度，從飛機營運可見一斑。

當然，機場文化又是另一個景象了，有些機場商機無限，有些機場則是門可羅雀。然而，令人重視的是藝術布置與廣告爭勝的場面。通常具有文化思考的國家，在機場總會有一些國家的象徵與文化方面的布置，作為宣傳國勢的窗口，有些急功好利者，把飛機場廣告化，什麼香煙、香水、利馬爺酒的賣場，真叫人見之無趣。然而，誰來打理這些工作呢？

或許設個文化走廊、畫廊或其他藝術品的展示，不僅提倡藝術生活，也提昇了國家開發的形象，我們有這些想法嗎？或者可以實踐部分。

五

機場有很多免稅店，初不以為意，因為沒什麼需要買的，後來出國次數漸多，才湊熱鬧，看看如何免稅法，也就走進去選東挑西，好不熱鬧一番，買個紀念品什麼的。

其中最快意的事，不用在出國業務繁忙時，還要抽空到商店選購物品，只要提早到機場，就可買些尚稱如意的禮物；再則是到哪一個不同的國家，也可以在不同的機場買到不同的禮物。所以機場的免稅店，曾帶給不喜歡逛街又是匆匆旅客很大的方便。

但是，這項服務的信度，卻因為過於商業化的影響，以及有利可圖的白熱化競爭而有所改變，加上地球村的來臨，在機場出入的人也多了，便可輕易辨別免稅店的物品，幾乎有八成以上的重疊，名牌如此，紀念品也一樣，買來買去就是那些東西，甚至成堆放置的感覺，令人見之煩躁，遑論有購買慾。

其中最令人詬病的事，在物價比評時，同級同牌的名牌，在免稅之餘，並沒有比在一般商店便宜，而且名牌充斥時，有時因一次轉機幾個免稅店，便可一目了然免稅店的各種銷售的方法，立即使人感覺到買物品不一定要到免稅商店，何必要如此的匆匆而買呢！

國際社會發展極為迅速，商機的掌握也瞬息萬變，商業方法層出不窮，在機場、在一般商店，若沒有永續經營的想法，沒有可靠的信度，或說有不二價的堅持，免稅店是否還吸引顧客，那就要自求多福了。

六

有人眼神茫然地在踱步，有人神色自若地看看書，有人則在一隅呼呼大睡……機場候機室有很多千奇百怪的事，而我呢？卻目不暇給地看著旅客支吾，似又看些人生究竟可有作為，不然何須多此一行，在不知的未來裡，多些腳程，說是因為機緣而跑東跑西。

一般情況，當今國際社會交往頻繁處，是在美國，日本與西歐地方。在此地機場穿梭的旅客，雖然不相識，卻有幾分眼熟，原因是那群人的目的與節奏大致相若，如生意往來或出國留學等，都在這些範圍內，不覺得有何不對勁的地方。直到有機會前往白俄羅斯、古巴、愛沙尼亞、立陶宛時，發現似乎看不到同型臉孔的東方人，因為如此，有一次我們走在街上，有一群小朋友緊跟在後，初以為有何活動在前頭，後來看到他們在打量我們，才會意過來。他們可能在竊竊私語，說是像猴子之類的新奇人類，恰似四十年前，我們看到美國人出現在臺灣的鄉村，大家稱之為「阿都仔」的，煞是有趣。

然而，使人印象深刻的，是我們的行腳，竟然來到一個完全陌生的國度，作了幾次文化交流，而且路途遙遠、語言不便，更重要的是經費無著，不知是哪來的靈機，卻是熱鬧異常，是否外交的生機，還是窗口的對外，總是在異國有了這些活動，使他們更認識臺灣、喜歡臺灣，因為他們的館長說：勤奮、熱情、友善的文化，可比古文物所留下的文化張力，他說下次會再到臺灣作客。

或許這是個理由吧！要不然，我又怎地在愛沙尼亞的機場候機室發愣，看著飛機起落，看著蜷縮一旁、滿腮鬍子的旅客，像在扮演哲學家置身於外的沉思，也像那托爾斯泰、莫里哀、泰戈爾的長相，卻如此蕭瑟靜默。

機場風光，百思不解，百看不厭，只是我仍然踽踽獨行。

襟上酒痕——過舊金山

A M E R I C
CIRCULUS ARCTICUS
S E P T E N-
T R I O N
C A N A D A
F L O R I D A
SINUS MEXICANUS
MAR DEL ZUR
OCEANUS PERUVIANUS

一

舊金山的傳聞，有幾分神奇，也有少許傷情。神奇來自它的名字，一定有個由來，至少望文生義，金山必是金光閃閃，淘金夢鄉，它是美國人西進的開發重點，也是西班牙曾來此一探的地方，當然更是更多的窮困人民夢寐以求的地方，其中中國人來此討生活是為了開路鑿山的華工，受盡多少辛酸血淚，才在這裡活存下來，所以每個到此作客的中國人都會敏感地想起一百年前的種種，以及近代的　國父號召華僑資助革命的史實。舊金山與華人的關係，的確令人長吁短嘆。

經過多少年後的多少年，舊金山的名聲不再是淘金者的天堂，卻是華人移民的天地，儘管美國人自主地驅走西班牙人，它仍然是東方民族來美國的理想落腳處，日本人、韓國人的積極競爭，但老華僑與新華僑，則是以舊金山為聚集地，人口總數該是幾十萬人吧？要不然不論是市中心，還是零散的商街，為何都有中國酒家為號召的餐館，而且每一個地方，都凝集很多的華人，因此一個朋友說他不會講英文，可能是真的，因為講華語就可以滔滔不絕地說上好多年的時光故事，至於碰到美國人哈囉一聲，誰管著你。

華人為什麼都喜歡到這裡來，還有一個重要的理由，是氣候宜人，不冷不熱，卻是涼風習習、冰淇淋可期的地方，這種冬暖夏涼的氣候，據說是有個金山海灣所醞釀的，說的也是，對著金山大橋，左右一望，分開東西的海潮，是那麼的溫煦可愛，細細鄰片，如群魚巡遊，加上白片點點，高低不同音調的海鳥，和著夕陽唱晚，是鳥兒還是風絮，看來只有岸上的人群，正在凝視遠處的飛機起降，才能了解在此迎來送往的心情，是那麼無解的休憩。

沒有去探求過去的必要，至少沒有時間問個清楚，那光禿禿的山頭，除了夏草枯黃，冬季青翠的景象，是否與地震或開金礦有關係？但它已成為此地的地景之一，住在此地的人都會習慣它的長久存在，

舊金山街道

至少近五十年都一樣的山城，這對那些迷戀此地的人們，都有很大的吸引力。一則是地景的恆常，必定的人們的不變，再則是人文的涵養，在於長時間的累積，而金山面相，竟如此地「幾番風雨幾許情，多少堅持多少義」的自在。

不是嗎？美國人最實際了，來此淘金相結伴，在塵霧交和中，看到微亮的陽光，在鵝黃色的天際上，延伸人們的遐想，是僅存的蒼松作帳，環抱著夕陽返照的餘光，是暗底發亮的色彩，特別顯現著五彩繽紛。人生是如此，兩性不是僅一的伴侶，同性的擁有，更著迷於人生空無的新象，舊金山的街道，一陣風鈴響叮噹，有多少不語的宣示，上蒼之下，沒有不可能的事，然而教育之目的乃是為了維繫社會秩序，何能容許我行我素自發性的形成！

昨天還是薄霧的街道，今午則晴空驕陽，在海天一色的岸邊觀景，已不在意是在山間還是在草原。一處留下沼澤區的地方，維持著人群未來時的情境，不知名的鳥群，或斑瓛如錦，或清素如墨，類似烏啾的長嘴水鳥，啄住水中悠游的小魚，喜悲自知；一群白鷺，飛翔青空白水間，極盡對比的色彩，竟然忘了詩人的眼光，說是一行白鷺上青天。的確，舊金山正在尋覓原相，在人類未曾來此時的風情，至少有幾處可資尋夢的地方。

曬鹽的方格水域，保持一貫的鹹味，風勢乍起，飄來一陣思念，在臺灣的鄉舍不都是儲鹽備用的，珍惜在鳳梨豆豉的味覺。眼前有味的畦涯，海水依舊漣漪，上工的人，似乎在急速的消失中，不比金子低值的民生用品，看過一陣子後，想起了人生的種種，也望著濺起的水花，看看過往的行人，可也駐足片刻，想想用與無用的分野。

還是要說山頭的灰白，聽說入冬後會變成翠綠，看來是正確消息，因為提供情報的人已在這裡住了四十年，還指著校園幾棵高聳入雲的松柏說，其實金山是很適合種植溫寒帶的樹林的，原本就是滿山的原始林，因為幾處地震後的火災，毀去房舍樓層，便找樹建屋，因此山禿岩露，好在美國人懂得如何適可而止，如何再現生機，山腰有住家的地方，已漸恢復蔥蔥森林。說的也是，有日本風格的金山公園、有大樹的街道，已有近百年的歷史，這一景象促發了金山文化的進展，也建立了美國文化的信度。

有形的文明，源於生活的需求，來此地的美國人，不用說是美國的精神，權責劃分清楚，加上一股熱愛人類的綿綿心思，使移民大舉上岸，也使這群原屬熱愛自由的人，更能體會自由生活中，自我約束的必要與行動，並且從彼此尊重的機制上，井然有序地在此度過一代又一代，好比天上的繁星，每在夏季的夜晚，必然照耀望眼相視的人們。

沒有別的想法，只有相看兩不厭時，才有會心的微笑，哪管哪一顆星星是何名！

二

幾處古松、枝幹壯碩，偶有疏葉老根，便覺興味盎然，加上如茵碧草，在這中秋的午後，顯得溫暖可親；紫白間白的花相，摻和其中，加上輕盈飛鳥，嬌軟不驚的展翅，此景此情，便覺得好景可觀，心境宜久。

說的也是，一群來自國際的友人與華人，正為「張大千在加州」畫展舉行研討會，必也經過這個校園，而且心情上雖然背負著臺灣震災的陰霾，但風雨生信心，該做的就不能遲疑，何況國際友人也加油打氣，不正是一股反力之道嗎？我們正匯集四方力量，以學理經驗，作為互動的基礎，將對自己的生存價值，有更多的期許。

樹林內的宏偉校舍，井然有序的植栽，不著痕跡的環境美感，晌午徜徉在門外的平臺上，這裡的學生顯然是幸福的，此次畫展，不僅是人文學院的，理學院的教授也來很多，加上社區民眾亦受邀來此參觀，以及參與開幕相關的活動。記得是中午十二時三十分開始的，首先是舞獅的鑼鼓聲引領著大家的情緒，再由學者近三小時的演講，不論在展場上或在討論場地中聚精會神的人群，據說是空前的熱烈，因為「張大千在加州」是他們的光榮，也是成就張大千的關鍵時刻。

或許可以簡略了解，藝術家的才華，必來自天才與學習，張大千有著古典的歷史觀、文學觀、美學修養，以及時代中的民族特質，在實學與經驗的堆積上，已有足夠的創作爆發力，當碰觸到西方藝術表現元素時，其流動的力道與美學，當有排山倒海的力量。或者也可說他領悟藝術創作之道，在於時空的契合與個性的抒發，因而有一連串的實驗與反芻，在這過程中也成就張大千風格的產生。

與會者都深信，他有過人的學養，有博學強記的能力，更有改變現實的衝力，加上他的美學敏感度，在已知部分沒入畫質的內涵上；在未知的情境加入自己的理想，是個可共感共發的媒介體，經過他全新的創作，是人性與人格的投射，他成為張大千，成為本世紀傑出的藝術家，絕大部分是天才。天才是苦心經營藝術創作的基本元素，加上豐富的學養，再加以社會與時代的發展，演化而成的是藝術品新生力量。

聽懂華文的年輕朋友，很好奇探詢大千先生在加州究竟是怎樣駕御中國水墨畫的形制，重新組合新時代新視覺的水墨表現？若回答是受抽象表現主義的影響，或展現東方獨特的虛實相應的結果，都不足表示他內在深刻的吶喊，與重力出擊；當他是中國歷史的認知者、文化的傳承者，或美學中有關的自然主義，或意象寄於心象時，張大千消化了「鳥雀呼晴，葉上初陽」百態，也沉澱著「冷月無聲」、「數峰清苦」的孤絕。張大千在加州時的創作，縱橫筆墨揮灑靈感，豈限於知與感之間，而是在化人間雜亂為清圓，遠處冉冉煙雲皆畫境。

張大千開幕

人潮不斷湧進展覽場，交耳細語說大千，迷漫在歷史的軌跡裡，常人是可望而不及見的，他的畫，仍然在「獨鳥衝波去意閒」的悠悠然，不會是「長川孤月向誰明」的冷霜味，又何須談論他用什麼方法、什麼材質完成作品？好比花好月圓誰欽定，花是花，月是月，張大千的畫，是花是月全憑他的心情與意志，也在那可接納與開拓的胸懷。若勉強要說張大千的西方觀察在哪裡，應該是那現實的世界比之花草之萋萋，一切都真實的光景。

主辦單位的認真，忘了招呼大家靜一靜，也忘了那些看不懂或有點不明的文字敘述，都在討論的範圍內，包括大千的生平、家族，以及五百年來一大千的可信度，就好比庭上的百年古柏，是近百歲還是百餘歲，好像並沒有那麼重要了。正如他畫作中的點景房舍與人物，不需要解釋的可能，它們是畫面與畫境上的需要，若稍稍輕點一下，一切不語皆妙處。

遊戲為藝術起源說，那麼繪畫呢，則是心影的再現，張大千充滿了活力，也充滿了藝術。學者論斷，他不斷的吸納文化精華，也不斷創作新境界，好奇絕妙，在於經驗，也在於實現。討論會後，走入展覽場，又見另一群觀賞者，孜孜觀賞那似古老又新潮，既寫實亦寫意的新境水墨畫，它，張大千的幻化影像在擴大，在發光，有如舊金山秋陽的和煦舒爽，給予大眾一些什麼的清風——就是美感人生。

三

來此山城，見過古老的中國居住地，便想起飄忽而明的移民種種，但如飛夢(Fremont)新社區一樣的清盈，如煙如氣的聚散，明日又明日，哪一天又有誰會記得這裡曾是一片農田加青草，誰在乎花開花落幾何？現在不是一片電子工業營業所，耀眼在美西。

不知道舊金山究竟有多少風景景點，每次匆匆而過，總是有些遺憾的。友人便指金門大橋、金門公園或海灣兩岸，或是博物館；真謝謝他還提到博物館，當然它是不冷不熱的人文景點，對人類生活的重要性，自不待細說，但除博物館之外呢？這些風景是司空見慣的，除了科技建設，或自然景觀的維護外，似乎尋不出那一份可以繞樑三日、襟上酒痕的遺韻，也無法從中體悟人生真諦，如果遇上有人為添加物，便會一番類比，大致是失望而急切的，若是一片荒蕪加枯黃，美感只好在淒涼中飄浮著。

友人說優森美地在山城不遠處，有中國山水的特質、有風景宜人的氣候、有大地衣衫一松林連延數里、有瀑布奔泉、有尋幽訪勝者，當然也有白雲青山、群鳥啁啾，好個自然景色，是很有可看可賞的地方；但就引不起一個久居農地的畫者共鳴，至少引不起那一份探究的動力，沒有衝動就沒有喜悅，也沒有意外的遇合，還談什麼美感磁場。友人再提供大峽谷也在附近，這個地方曾有過照面，灰黃如焦的山岩，凹凸不平的山脊，如刀割切的河溪，湧現一泓不枯的溪水，據說是科羅拉多河系，這個現場是夠辛辣的；有時候又看到電影在拍印第安人的捕獵生活，對這個地方多少有較多的敬畏，大自然的復合與斷裂，是原生文明的基調，也可能是人文活動的根源，但它畢竟未有較多的人情色彩，所以樸素地看不出可讀可感的人性圖騰，就是再北上的黃石公園，也依然在某一層面靜待知音者。

就在城裡，是舊金山的心臟區，我們要探索的是歷史刻痕、人性抒發、文明進程，為何人口湧進、密度超高，那餐廳的生意、嬉皮的聚集、酒吧的林立，甚至陋巷的流浪漢等等，也有多處教堂、寺廟、清真寺，英文覆蓋下的中文、韓文、日文、廣東話與臺灣話，都交互發聲。這樣的景觀壯闊無窮，有第一流人才與人才培育大學，有科技為用的矽谷，有不盡描繪的同性戀街，電車鈴鈴不停，永遠在攝影的鏡頭內。

是歷史的必然，也是環境的條件，有名的餐會在秋季，大螃蟹肥美，食客津津有味，有香的樹花，帶點紫色伴在青綠上。街上的房舍，有些是西班牙式的拱門進落，有些是飛簷盤龍的中華亭榭，最主要的還是日以競高的現代建築，玻璃帷幕、透明映影等等，都是心思，也具備情感，有知識、有經驗、有學習。人類在此預防不安的可能，但沒有發生的事例，誰知道呢？會有怎樣的結果，好比地震的來襲，大部分都在事後說前因，看來人只好自求多福了。

不論怎樣的故事，我們都想知道，也想讀舊金山的城街，在街角的燈號，不都指著某一方向嗎？誰設計的？在人群社會裡，最現實不過了，老華僑都會說些他們的先人如何克難渡海，如何資助孫中山，為了體面，怎不振力圖強；而今的新移民，中華子弟各為自己擁護的對象說詞，好個海外看散花、天女都在遠處邊。來此地的華人，都有個理想，期待自己是上等人，也希望來個閑閑人生，怎奈又那麼關心故鄉，有時候還會延續過去的戰火，何必呢？若有這些精力，何不束裝回鄉，再一起打拼啊！當然啊！人在海外，心繫故鄉，人之常情，但烽火在邊城，何益家鄉事。

都是人情，都有理由，就是如此堅持，一個城市就在這種堅持中，滋生著喜怒哀樂，或是成功與失敗。凡可留存的，必定有理由，而且善惡對比，喜怒相間，春花繁盛秋結果，夏蟬吱吱寒冬盡，自然在人性抒發時，有更多的感染，更密的交織，人生忘不了幾聲讚嘆，在夕陽晚景洒金色，被吹拂的髮梢，流露出的不知是智慧還是晚霞。

舊金山的歷史，成為東西文化交會的紀實，至今還有很多長者，尤其藝壇耆老在此回溯人生。不論是朝陽暮靄，發光體來自可密合的圓柱，耀眼在四周，是百煉成鋼的意志。探訪國畫宗師覺翁時，看他引樂天詩文：「袖中吳郡新詩本，襟上杭州舊酒痕」，不覺幾許依依離情。

過門相呼——筆記溫哥華

DANIA
NOVA
AMERICA
CIRCULUS ARCTICUS
SEPTENTRIONA
CANADA
FLORIDA
SINUS MEXICANUS
MAR DEL ZUR
OCTIALIS
OCEANUS PERUVIANUS

一

日影依樹，遠遠地，又近近地。可見到的時間前進或消逝，是很令人感傷的。但是時間是否也有空間呢？答案也是很明確，譬如搭飛機遠行，更能感受到同一時間的不同地點，晨昏顛倒，醒睡不一，如此看來，人就得斟酌了，或者說人間世，就是有半醒半睡的大眾，若僅是全醒的人們，其喧嘩豈不吵翻天！

我又越過換日線，本是午後的心情，正可以神遊片刻時，窗外忽然由青紫天色轉換為昏黑。看那黑黝黝的一片，才察覺此時正是北美的午夜時分，大概已是殘燈搖晃，或是醉客歸程的慘淡。人在寂寞與狂妄之間，是互相傾軋的動物，否則為何、為何如此空寂？

想起久別的親人、朋友，更能清楚地看到一份屬於奮勵的工作激素，說是人生的理想，或是成就自己的目的，除了時間的無情消蝕生命外，能否留下些許望影？五柳先生：「雖留身後名，一生亦枯槁。」誠然，有不如歸去之感！

黑暗淹沒了大地，也遮蓋了一些枝枝節節，黑得深邃、黑得不見五指時，無人知曉它究竟蘊藏什麼神靈，是正、是反的格局已經不重要了，可記得的大事，是寧靜幽默的素顏，未見勞形的稚幼。

二

初見溫哥華，不知是接機朋友的親和，還是海關的司空見慣，一路上華語對話此起彼落，有時還夾些閩南話，很像臺灣，也很像舊金山與洛杉磯。哦！不由得令人想起故鄉的同胞們，也勾摻著漂泊的心境，盪來盪去的思緒，像一股不解的愁絲，或說是現實性的必然。

故鄉是個情種之源，也是族人相應的地方。但不知從何開始，故鄉卻成為流浪的開端，不一定是富有人家，或是有權力慾望的人。雖然多少都夾著懷鄉的情感，但之所以踽踽遠行，無非是想找個可以安心休憩的地方，於是就有人先行探路，包括政治制度的自在，以及氣候的合宜，還有些可以談話的對象的地方。於是美西成為這些條件的和應者，至少，百年前的華工墾殖，先帶到的文化習慣，是個可以安身立命的前哨站，因而一傳十、十傳百，分別移居到美西的洛杉磯、舊金山與溫哥華等，尤是新華人，大致是從臺灣來的。直覺評估，數十萬人的聚落，再加上延伸的族人，百萬以上是合理的推測。他們堅持理念前進，或說是為尋個美好的園地，好好地生活著，雖不致有「買田帶修竹，築室依清流」的心情，卻有烽火攻心，求取「清氣澄餘滓，查然天界高」的素願！

溫哥華市景

人的選擇，無非是在於尊嚴與信心，哪個地方能提供優質條件，人就會敏銳地成群結隊前往，臺灣同胞有此能力者，已遷移了數十年，雖然有些人還在寶島之地營生，但美西三處的聚落，不是可以看到許多移民的心境麼！是力量的擴散，或是力量的獨享？

總令人有些不明的焦慮，我們的家鄉，又將是如何！

張大千畫展

三

半島入海域、山水即有勝景的溫哥華，有原始森林山嶺，此時正在顛頂積雪，而住居之處，綠草叢生，不覺已是冬至將臨，與舊金山一片澄黃不同。人在青草地遊走更覺生氣蓬勃，雖然氣溫較低，但不覺得要穿上多厚的衣物，加上街景座落有致，在間距與色彩安置有當下，晚落的楓槭，竟然豔紅地迎風招展，有些簇葉飛落，正像加拿大國旗飄揚一般，好一個深玄映濃朱的對比，明確而堅定，四季分明，各盡己能。

都會城市，分布地廣，街道行人閑閑，看不出有糾結在一起的步伐，各自邁著信步往目的處前去。就在博物館前，一群群的訪客與觀眾，引頸似地想前去看個究竟。我們先行走訪的幾個博物館，除有豐富的收藏外，為大家準備的各項服務，都有一定的條件與標準，所以觀眾樂意親近，加上解說員的專業，以及展示布置的生動，促使觀眾一再駐足。各項舉措有質感深度，極具潛移默化功效，這便是本世紀博物館興起的原因。

我們帶來的畫展，是張大千的藝術創作，這位名滿東西方藝壇的畫家，之所以也受到國際人士的敬仰，不外乎他掌握了東方美學精神，與時代的視覺符號，是傳統經驗，也是創新智慧融入藝術本質的表現，歷史上的古拙韻味，社會發展的軌跡、步履，有秩序而合情合理的呈現，在形質上很清楚看到美感養分，挹注在畫面上，交錯在詩情哲思上。不言而知，不說有情，必然是莊嚴而幽雅的故事層面，尤其在「香餘白露乾，色映青松高」的自許下，張大千的畫是超越形象之外的。

四

初抵溫城機場，就聽到洛磯山下又出車禍了，其中三位臺灣同胞往生，駐外單位又得到處奔忙善後，好在有慈濟人投入協助救難工作，但也使人有錯愕不平的心緒，為何老是有這種不幸，近年來國人在加拿大，好像已有不少令人震驚的事件發生。

我們並不能不在意，為了救難工作的執行，是否會影響活動的舉行，雖然各有所司，但交流工作是持續不斷的維持，有它一定的時間安排。我們也在意旅遊或訪察的同胞，是否在出門之外，已有安全準備，至少要儘量避免災情的發生。即便是不可避免的偶發，也應把災難的可能性減到最低，要不然加諸在親人或同胞身上的，不僅是痛苦，也是人力的負擔。

即如慈濟人的愛心投入，看他們是心甘情願的依輕重緩急在服務奉獻，但他們自身要生活、也要工作，儘管心平氣和、無怨無悔，可是若能不發生事故，他們的溫情豈不是更可滋生光彩，而我們的駐外單位豈不是更能專注對國家有意義的親善工作嗎？

當然，誰都不願意發生事故，誰也都不能預測風雲，但隨意的出門，沒有休閒的體驗，只是到此一遊而已，便大可不必大費周章，省省精力、財力，對社會公益多些關心，可能意義更大，何況還可保命安身呢！

常覺得出國旅遊，是為了見識世面，但也在某個機會，與同胞相遇，本來親切有加，但有些人卻也令人深為擔心，看到一些財大氣粗，或我行我素的率性，不知道人生有多少時日可一再喧囂，為何不能多些知性與感性之旅的認知，也不至於使駐外單位，或慈濟的愛心，成為處理災難的場所與資源。

當然，「心閒偶自見，念起忽已逝」，世間人都知道自重人重，也知道榮耀與混濁之別，當自己能改善行為時，也就能體悟出付出愛心人的包容與奉獻，雖然不能兼善天下，至少要力求獨善其身，才不致妨礙社會的發展，浪費社會的資源。

五

不知道移居溫哥華的臺胞有多少，在街上總看到不少東方人的面孔，有些是熟悉的鄉音，加上又有華僑廣播臺，看來這群朋友遷徙到此，是有很多理由的。

今早接受岳華先生的訪問，是談談有關張大千畫展的情況，其間忽然憶起二、三十年前影片中大醉俠的岳華，而眼前採訪的人，一口標準國語、風度翩翩，還帶有幾分俠氣，仍與當年主演大醉俠的情境類似，頓時使人陷入時空錯亂之中，真是一場似夢非夢的遇合。然而在告別時，陰雨籠罩街景，近零度的天氣，使人拉回了現實，自忖幾十年的歲月蹉跎，竟然把一份真情淹沒了，好在造物至誠，念念善行，亦可大化煩躁矣！

岳華先生向加國及華人介紹張大千，說明兼具東西美學的藝術家，如何的修性養技、融合古今技巧的創作元素，說法精彩深切，用心用情，相信聽眾必然有所感悟！

與預期一樣熱烈，開幕式與茶會匯集了中外藝術愛好者，有的注目繪畫創作，有的交頭品評，西方人更企求解析畫面中的荷、梅、蘭、菊的表現何在，而點景老翁為何不是現代的西裝青年人。這是知的好奇，也是美感原素的選擇。藝術表現在於文化體的抒發，也在於知識的經驗，要費一番清理工夫，才得以解釋，好在有些是不言可喻，藝術是瞬間的感動，也是醉裡的獨覺，並不一定要完全說清楚啊！

一連串的感動，受到媒體關注，好不熱鬧。華人興奮地為西洋人介紹水墨畫的特色，尤其詩境與畫境同源，書法與國畫同境，繪畫豈止於外在形式的安置，更引人的是那份似夢非夢的呢喃、欲言又止的引力，成為觀賞者共感的空間，藝術哲學於焉形成，也造就了藝術家表現的風格。

這是很完整的展覽，除了熱烈開幕外，與溫哥華美術館簽締姐妹館也同時完成，不僅是本館同仁努力的結果，也是廣結善緣、展現文化活力的成效，與會中外來賓莫不熱烈鼓勵慶賀，相信對於未來兩國的文化交流，必有加分作用。

六

幾天的瀏覽，對於溫哥華的市容與特色，仍然有些陌生，除了目睹水域上的現代化都市景觀，那晃搖漣漪的夜景，具有朦朧水氣外，就剩下了街道的空曠，行人遙遙日夜長的悠閒。

為何有二百萬人口的聚集，必然是氣候宜人，風景綺麗？看到遠處山嶺層層，近岸碧海連天，海鷗翱翔，有如畫面的選材安排，就可一窺市容的布置。不知是加拿大人較有美學感度，還是守法習慣良好，不多不少的屋室，簡樸中見豪華，沒有過多的積塵，也

溫哥華美術館

沒有不當添加物，活動的自由度良好，人們可在住處安心渡蕩一生。

有所謂的西溫或溫西的區域，依山傍水，櫛比鱗次，好比童話中的巧屋，但它是現實中的理想，鮮活亮麗，人們都喜歡住在這兒，加上山嶺上有白雪駐足，據說是世界有名的滑雪聖地，每年冬季遊客如織，不比夏秋賞楓時節少。看來溫城也算是觀光景點了，但長住的朋友說，溫哥華是林場、礦區與商場重地，誠然是，但好像不太明顯。

倒是在此地遇見很多臺灣來的熟人，他們都有萬全的準備移住他鄉，也都有生活的理想！有的生意還在臺灣，有的則在美國，百業均霑，各盡本事，為事業發展。但畫家也來此聚集，就使人有些納悶，既沒有三疊泉水成瀑布，也沒有採菊南山的野逸，即使是楓樹吧，散落著的紅顏，未竟畫境整體。有些不解，它仍然吸引人！

筆者匆匆過往，可能是作客心情，哪能夠洞悉其妙。不過可居可住者，並不在山高水長，而是舉國和諧，時見文人雅士尋幽訪勝，或是南畝耕讀，草屋木柵可棲稱便。此地風情，映著雲影，倒可優哉游哉，徜徉半晌。看過舊識依序來此，心仍未靜，只好學著「過門更相呼，有酒斟酌之」了。

七

華裔藝術家聯盟，熱心團結，不論是畫家、文學家、語言學者，常有機會相聚一堂，談文說藝，天南地北，說個不完，有時候也關心起臺灣的政情。或許相隔千里真相已模糊，但摯愛鄉親則爭相獻功，真是個隔海相望情滿月，獨念孤影依星辰。回家啦！人生只一回，苟生不如壯烈，忘卻清風與憂愁吧！

一向敏感於事物變換的旅者，而今竟然對溫哥華遲疑，不知是初冬風寒，還是天暗地凍，濕漉街道，冷風飄雪，直逼腳底而來，抖動的身軀裹著厚厚的大衣，蹣跚的步伐，如何再說年歲。

倒是洛夫神清氣爽，又有新作，據說是一篇長詩。看來溫哥華給他不少靈感，也孕育著美學光彩，即便是書法對聯，作品透露著一股樸拙真氣，相問何以朵雲可解愁，只道笑而不答心自閒。人是要知足的，也要分憂的，不論雨水嘩啦啦，風絮還嗚咽，穿過了山林，蜻蜓不語點清水，依然是長川孤月向誰明！

三民叢刊書目

①邁向已開發國家　孫　震著
②經濟發展啟示錄　于宗先著
③中國文學講話　王更生著
④紅樓夢新解　潘重規著
⑤紅樓夢新辨　潘重規著
⑥自由與權威　周陽山著
⑦勇往直前
　・傳播經營札記　石永貴著
⑧細微的一炷香　劉紹銘著
⑨文與情　琦　君著
⑩在我們的時代　周志文著
⑪中央社的故事（上）
　・民國二十一年至六十一年　周培敬著
⑫中央社的故事（下）
　・民國二十一年至六十一年　周培敬著
⑬梭羅與中國　陳長房著
⑭時代邊緣之聲　龔鵬程著
⑮紅學六十年　潘重規著
⑯解咒與立法　勞思光著
⑰對不起，借過一下　水　晶著
⑱解體分裂的年代　楊　渡著
⑲德國在那裏？（政治、經濟）
　・聯邦德國四十年　郭恆鈺　許琳菲等著
⑳德國在那裏？（文化、統一）
　・聯邦德國四十年　郭恆鈺　許琳菲等著
㉑浮生九四
　・雪林回憶錄　蘇雪林著
㉒海天集　莊信正著
㉓日本式心靈
　・文化與社會散論　李永熾著
㉔臺灣文學風貌　李瑞騰著
㉕干儛集　黃翰荻著

㉖作家與作品　謝冰瑩著
㉗冰瑩書信　謝冰瑩著
㉘冰瑩遊記　謝冰瑩著
㉙冰瑩憶往　謝冰瑩著
㉚冰瑩懷舊　謝冰瑩著
㉛與世界文壇對話　鄭樹森著
㉜捉狂下的興嘆　南方朔著
㉝猶記風吹水上鱗
・錢穆與現代中國學術　余英時著
㉞形象與言語
・西方現代藝術評論文集　李明明著
㉟紅學論集　潘重規著
㊱憂鬱與狂熱　孫瑋芒著
㊲黃昏過客　沙　究著
㊳帶詩蹺課去　徐望雲著
㊴走出銅像國　龔鵬程著
㊵伴我半世紀的那把琴　鄧昌國著
㊶深層思考與思考深層
・轉型期國際政治的觀察　劉必榮著
㊷瞬　間　周志文著

㊸兩岸迷宮遊戲　楊　渡著
㊹德國問題與歐洲秩序　彭滂沱著
㊺文學關懷　李瑞騰著
㊻未能忘情　劉紹銘著
㊼發展路上艱難多　孫　震著
㊽胡適叢論　周質平著
㊾水與水神
・中國的民俗與人文　王孝廉著
㊿由英雄的人到人的泯滅
・法國當代文學論集　金恆杰著
51重商主義的窘境　賴建誠著
52中國文化與現代變遷　余英時著
53橡溪雜拾　思　果著
54統一後的德國　郭恆鈺主編
55愛廬談文學　黃永武著
56南十字星座　呂大明著
57重疊的足跡　韓　秀著
58書鄉長短調　黃碧端著
59愛情・仇恨・政治
・漢姆雷特專論及其他　朱立民著

⑥⑩蝴蝶球傳奇　顏匯增著

・真實與虛構

⑥①文化啓示錄　南方朔著
⑥②日本這個國家　章　陸著
⑥③在沉寂與鼎沸之間　黃碧端著
⑥④民主與兩岸動向　余英時著
⑥⑤靈魂的按摩　劉紹銘著
⑥⑥迎向眾聲　向　陽著

・八〇年代臺灣文化情境觀察

⑥⑦蛻變中的臺灣經濟　于宗先著
⑥⑧從現代到當代　鄭樹森著
⑥⑨嚴肅的遊戲　楊錦郁著

・當代文藝訪談錄

⑦⑩甜鹹酸梅　向　明著
⑦①楓　香　黃國彬著
⑦②日本深層　齊　濤著
⑦③美麗的負荷　封德屏著
⑦④現代文明的隱者　周陽山著
⑦⑤煙火與噴泉　白　靈著
⑦⑥七十浮跡　項退結著

・生活體驗與思考

⑦⑦永恆的彩虹　小　民著
⑦⑧情繫一環　梁錫華著
⑦⑨遠山一抹　思　果著
⑧⑩尋找希望的星空　呂大明著
⑧①領養一株雲杉　黃文範著
⑧②浮世情懷　劉安諾著
⑧③天涯長青　趙淑俠著
⑧④文學札記　黃國彬著
⑧⑤訪草（第一卷）　陳冠學著
⑧⑥藍色的斷想　陳冠學著

・孤獨者隨想錄

⑧⑦追不回的永恆　彭　歌著

A・B・C全卷

⑧⑧紫水晶戒指　小　民著
⑧⑨心路的嬉逐　劉延湘著
⑨⑩情書外一章　韓　秀著
⑨①情到深處　簡　宛著
⑨②父女對話　陳冠學著

93 陳冲前傳　嚴歌苓著
94 面壁笑人類　祖　慰著
95 不老的詩心　夏鐵肩著
96 雲霧之國　合山　究著
97 北京城不是一天造成的　喜　樂著
98 兩城憶往　楊孔鑫著
99 詩情與俠骨　莊　因著
100 文化脈動　張　錯著
101 桑樹下　繆天華著
102 牛頓來訪　石家興著
103 深情回眸　鮑曉暉著
104 新詩補給站　渡　也著
105 鳳凰遊　李元洛著
106 文學人語　高大鵬著
107 養狗政治學　鄭赤琰著
108 烟　塵　姜　穆著
109 河　宴　鍾怡雯著
110 滬上春秋　章念馳著
111 愛廬談心事　黃永武著
112 吹不散的人影　高大鵬著
113 草鞋權貴　嚴歌苓著
114 是我們改變了世界　張　放著
115 夢裡有隻小小船　夏小舟著
116 狂歡與破碎　林幸謙著
117 哲學思考漫步　劉述先著
118 說　涼　水　晶著
119 紅樓鐘聲　王熙元著
120 寒冬聽天方夜譚　保　真著
121 儒林新誌　周質平著
122 流水無歸程　白　樺著
123 偷窺天國　劉紹銘著
124 倒淌河　嚴歌苓著
125 尋覓畫家步履　陳其茂著
126 古典與現實之間　杜正勝著
127 釣魚臺畔過客　彭　歌著
128 古典到現代　張　健著
129 帶鞍的鹿　虹　影著
130 人文之旅　葉海煙著

131 生肖與童年　小民著 喜樂圖
132 京都一年　林文月著
133 山水與古典　林文月著
134 冬天黃昏的風笛　呂大明著
135 心靈的花朵　戚宜君著
136 親　戚　韓　秀著
137 清詞選講　葉嘉瑩著
138 迦陵談詞　葉嘉瑩著
139 神　樹　鄭　義著
140 琦君說童年　琦　君著
141 域外知音　張堂錡著
142 遠方的戰爭　鄭寶娟著
143 留著記憶・留著光　陳其茂著
144 滾滾遼河　紀　剛著
145 王禎和的小說世界　高全之著
146 永恆與現在　劉述先著
147 東方・西方　夏小舟著
148 嗚咽海　程明琤著
149 沙發椅的聯想　梅　新著
150 資訊爆炸的落塵　徐佳士著
151 沙漠裡的狼　白　樺著
152 風信子女郎　虹　影著
153 塵沙掠影　馬　遜著
154 飄泊的雲　莊　因著
155 和泉式部日記　林文月譯・圖
156 愛的美麗與哀愁　夏小舟著
157 黑　月　樊小玉著
158 流香溪　季　仲著
159 史記評賞　賴漢屏著
160 文學靈魂的閱讀　張堂錡著
161 抒情時代　鄭寶娟著
162 九十九朵曇花　何修仁著
163 說故事的人　彭　歌著
164 日本原形　齊　濤著
165 從張愛玲到林懷民　高全之著
166 莎士比亞識字不多？　陳冠學著
167 情思・情絲　龔　華著

⑯⑧說吧，房間　林白著
⑯⑨自由鳥　鄭義著
⑰⓪魚川讀詩　梅新著
⑰①好詩共欣賞　葉嘉瑩著
⑰②永不磨滅的愛　楊秋生著
⑰③晴空星月　馬遜著
⑰④風景　韓秀著
⑰⑤談歷史　話教學　張元著
⑰⑥兩極紀實　位夢華著
⑰⑦遙遠的歌　夏小舟著
⑰⑧時間的通道　簡宛著
⑰⑨燃燒的眼睛　簡宛著
⑱⓪月兒彎彎照美洲　李靜平著
⑱①愛廬談諺詩　黃永武著
⑱②劉真傳　黃守誠著
⑱③天涯縱橫　位夢華著
⑱④新詩論　許世旭著
⑱⑤天讁　張放著
⑱⑥綠野仙蹤與中國　賴建誠著
⑱⑦標題飆題　馬西屏著
⑱⑧詩與情　黃永武著
⑱⑨鹿夢　康正果著
⑲⓪蝴蝶涅槃　海男著
⑲①半洋隨筆　林培瑞著
⑲②沈從文的文學世界　王繼志　陳龍著
⑲③送一朵花給您　簡宛著
⑲④波西米亞樓　嚴歌苓著
⑲⑤化妝時代　陳家橋著
⑲⑥寶島曼波　李靜平著
⑲⑦只要我和你　夏小舟著
⑲⑧銀色的玻璃人　海男著
⑲⑨小歷史　林富士著
⑳⓪再回首　鄭寶娟著
⑳①舊時月色　張堂錡著
⑳②進化神話第一部　・駁達爾文《物種起源》　陳冠學著
⑳③大話小說　莊因著

- ⑳④ 人　禍　彭道誠著
- ⑳⑤ 殘　片　董懿娜著
- ⑳⑥ 陽雀王國　白　樺著
- ⑳⑦ 懸崖之約　海　男著
- ⑳⑧ 神交者說　虹　影著
- ⑳⑨ 海天漫筆　莊　因著
- ㉑⓪ 情悟，天地寬　張純瑛著
- ㉑① 誰家有女初養成　嚴歌苓著
- ㉑② 紙　銬　蕭　馬著
- ㉑③ 八千里路雲和月　莊　因著
- ㉑④ 拒絕與再造　沈　奇著
- ㉑⑤ 冰河的超越　葉維廉著
- ㉑⑥ 庚辰雕龍　簡宗梧著
- ㉑⑦ 莊因詩畫　莊　因著
- ㉑⑧ 換了頭抑或換了身體　張德寧著
- ㉑⑨ 黥首之後　朱　暉著

220

生命風景

張堂錡　著

每個人的故事，如同璀璨的風景，綻放動人的面貌。透過作者富含情感的筆觸，引領出成功背後的奮鬥歷程。文中所提事物，與我們成長經驗如此貼近，讓人油然而生「心有戚戚焉」之感。他們見證歷史，也予我們許多值得省思與仿效的地方。

221

在綠茵與鳥鳴之間

鄭寶娟　著

不論是走訪歐洲歷史遺跡有感，或抒發旅法思鄉情懷，抑或中西文化激盪的心得，作者以其一貫獨特的思考與審美觀，發為數十篇散文，澄清的文字、犀利的文筆中，流露著一種靈秘的詩情與浪漫的氣氛，讓讀者在綠茵與鳥鳴之間享受有深度的文化饗宴。

222

葉上花

董懿娜　著

讀董懿娜的文章，如同接受心靈的浸潤。生活的點滴，藉她纖細敏感的筆尖，便能在心中蕩起圈圈漣漪；娓娓的傾訴，叫人不禁沉入她的世界。在探求至情至性的同時，重新面對自己，循著她的思緒前進，彷彿也走出了現實的惱人，燃起對生命的熱情。

223

與自己共舞

簡宛　著

「與自己共舞，多麼美好歡暢的感覺！」長年旅居海外的簡宛，以平實真誠的筆調，與讀者分享「接納自己、肯定自我」的喜悅。書中收錄作者多年來與自己共舞的所思所感，包含對婚姻、家庭、自我成長的探討，值得讀者細細品味這分坦率至情的人生智慧。

224 夕陽中的笛音

程明琤 著

我們從本書中可領略程明琤對於生命的思索與感受，對於文化的關懷珍視，她更以廣闊的角度引領讀者去探索藝術家的風範和多彩的人文景致。讀她的文章不只是欣賞她行文遣字的氣蘊靈秀，真正觸動人心的是她對眾生萬相所付注的人文情懷。

225 零度疼痛

邱華棟 著

「我發現我已被物所包圍，周圍一個物的世界，它以嚇人的速度在變化更新，似乎我的生活已經事先被規定、被引導、被制約、被追趕。」作者以魔幻的筆法剖析現代人被生活擠壓變形的心靈。事實上，我們都是不同程度的電話人、時裝人、鐘錶人……。

226 歲月留金

鮑曉暉 著

以滿盈感恩的心，追憶大時代的離合悲歡，及中國這片土地的光輝與無奈；用平實卻動人的文字，記錄生活的精彩，和對生命的熱愛與執著。作者將歲月中的點滴與感動，譜成這數十篇的散文，讀來令人低徊不已，並激盪出對生命的無限省思。

227 如果這是美國

陸以正 著

面對每天新聞報導中沸沸揚揚的各種話題，您的感想是什麼？是事不關己的冷漠？還是無法判斷是非的茫然？不妨聽聽終身奉獻新聞與外交事務的陸以正大使，如何以其寬廣的國際觀點，告訴您「如果這是美國……」

228

請到我的世界來

段瑞冬　著

從七〇年代窮山惡水的貴州生活百態，到瑞典中西文化交流的感觸，最後在學成歸國的喜悅中，驚覺中國物質與思想上的巨大轉變，作者達觀的態度及詼諧的筆調，好像久違的摯友熱情地對我們招手：「請到我的世界來！」

229

6個女人的畫像

莫　非　著

6個女人，不同畫像。在為家庭守了大半輩子門框後，他們要出走找回失落的自己，藉著幻想，藉著閱讀，藉著繪畫等等不同方式，讓心靈有重新割斷再連結的機會。盼能以此書，提供女人一對話的空間。

230

也是感性

李靜平　著

「人世間的很多事，完全在於你從什麼角度來看。」本書作者以幽默的口吻帶您挖掘出生活中的樂趣。不管是親情的交流或友誼的呼喚，即便是些雞毛蒜皮的小事，在她的筆下每個生活週遭的人物全都活絡了起來，為我們合力演出這齣喜劇。

231

與阿波羅對話

韓　秀　著

自遠方來，我在陽光的國度與阿波羅對話。秋日午後的愛琴海波光粼粼，反射生命的絕代風采。這裡是雅典，眾神的故鄉，世人的虛妄不過瞬眼，胸臆間卻永遠有激情在湧動。殿堂雖已頹圮，風起之際，永恆卻在我心中駐紮。

232
懷沙集
止庵 著

「樹欲靜而風不止，子欲養而親不待」作者將對逝去父親的感念輯成本書。其間除了父親晚年兩人對談的點滴外，亦不乏從日常不經意處，挖掘出文學、生活的真諦。作者樸實的文筆，在現代注重藻飾的文壇中像嚼蘿蔔，別有一股自然的餘味。

233
百寶丹
曾焰 著

百寶丹，東方國度的神奇靈藥，它到底有多神妙？身世坎坷的孤雛，如何在逆境中自立，成為濟世名醫？一部結合中國傳統藥理與鄉野傳奇故事的長篇小說，一段充滿中國西南邊疆民族絕代風情的動人篇章。

234
矽谷人生
夏小舟 著

生命流轉，人只能隨波逐流。細心體會、聆聽、審視才能品嘗出人生的況味。從中國到美國，從華盛頓到矽谷，傳統與現代，寧靜與繁華，作者以雋永的文筆，交織出大城市裡小人物不平凡的際遇和生活中發人省思的啟示，引領讀者品味異國人生。

235
夏志清的人文世界
殷志鵬 著

在自己的婚禮上，會說出「下次結婚再到這地來」的，大概只有夏志清吧！這位不在洋人面前低頭的夏教授，以其堅實的學術專業，將現代中國小說推向西方文學的殿堂，他蓄滿對生命的熱情，打了兩次精采的筆仗……快跟著我們一起走入他的人文世界吧！

236
文學的現代記憶
張新穎　著

五〇年代的臺港兩地，在自由風氣的帶動下，中外文學相互影響，激起了一連串美麗的浪花；或許你我置身其中，而無法全然地欣賞到這場美景，亦或未能躬逢這場盛宴，作者以局外人的角度，用精鍊的筆法為文十篇，細數這場文學史的發展。

237
女人笑著扣分數
馬盈君　著

這是一本愛情的「解語書」，告訴您女人為何笑著扣分數。馬盈君，一位溫柔敦厚的作者，以她理性感性兼至的筆觸，探討愛情這一亙古的命題。在芸芸眾生中，為我們解剖女人內心最深處的想法，及男人的愛情語碼，帶領我們找到千古遇合的靈魂伴侶。

238
文學的聲音
孫康宜　著

聲音和文字是人們傳情達意的主要媒介，然而聲音已與時俱逝；動人的詩篇卻擲地有聲，如空谷迴響，經一再的傳唱，激盪於千古之下。本書作者堅持追尋文學的夢想，用心聆聽、捕捉文學的聲音，穿越時空的隔閡與古人旦暮相遇。

239
一個人的城市
黃中俊　著

重慶的山水、上海的學府、北京的藝室、深圳的商海……作者清雅的文字，記載生活脈絡裡的悲喜哀樂，其中又埋藏著時代進步的兩難，讓人耳目一新。在個人的愁緒裡瀰漫著文化變遷的滄桑感，讀這樣的書寫，彷彿能聞到人生跋涉的新泥芳香……

240

詩來詩往

向明　著

逐著詩人的腳步，涵泳沉籍於文學溫厚鬱勃、神氣騰揚的繽紛世界中。軼事掌故精采而韻味無窮；文學批評深刻真摯而不尖削；作品剖析使人縱情浪漫綺想中幾欲漫滅……在古典與現代、東方與西方、批評及作品間交顯的文學，本書讓您一網打盡。

241

過門相呼

黃光男　著

敏感於事物變幻的旅者，洋溢著詩情的才華，細心捕捉歷史上的古拙韻味，透析了社會發展的步履，讓人宛如置身於包羅萬有的博物館裡。如果你厭倦了匆忙的塵囂，請翻開此書，讓典雅的文句浮載你到遠方，懷擁「過門更相呼，有酒斟酌之」的情境。

242

孤島張愛玲

蘇偉貞　著

張愛玲整個的生命就是從一座孤島到另一座孤島的漂流。在上海到美國之間，張愛玲在香港這座孤島的創作，承續了大陸時期最鼎盛的創作力道，是轉型到美國時期的過渡階段。藉由作者鍥而不捨的追索，為您剖析張愛玲這段時期小說的意涵及影響。

243

何其平凡

何凡　著

還記得那段玻璃墊上的日子嗎？在聯合報連續撰寫專欄逾三十年，當代臺灣最資深的專欄作家——何凡，以九十五歲的高齡，將這十年間陸續發表的文章集結成這本書。謙虛的他取其筆名的寓意，將這本小書命名為「何其平凡」，獻給品味不凡的——您。

國家圖書館出版品預行編目資料

過門相呼／黃光男著.－－初版一刷.－－臺北市；三民，民91
面；　公分－－(三民叢刊；241)

ISBN 957-14-3555-4　(平裝)

855　　90019943

網路書店位址　http://www.sanmin.com.tw

著作人　黃光男
發行人　劉振強
著作財產權人　三民書局股份有限公司
臺北市復興北路三八六號
發行所　三民書局股份有限公司
地址／臺北市復興北路三八六號
電話／二五〇〇六六〇〇
郵撥／〇〇〇九九九八——五號
印刷所　三民書局股份有限公司
門市部　復北店／臺北市復興北路三八六號
重南店／臺北市重慶南路一段六十一號
初版一刷　中華民國九十一年一月
編　號　S 85511
基本定價　貳元捌角
行政院新聞局登記證局版臺業字第〇二〇〇號

ISBN　957-14-3555-4　(平裝)